KB271665

Dark Messiah

새벽의 마왕

FANTASY FRONTIER SPIRIT
이민섭 퓨전 판타지 소설

새벽의 마왕 5

이민섭 퓨전 판타지 소설

초판 1쇄 찍은 날 § 2012년 2월 9일
초판 1쇄 펴낸 날 § 2012년 2월 16일

지은이 § 이민섭
펴낸이 § 서경석

편집부장 § 권태완
편집책임 § 박우진

펴낸곳 § 도서출판 청어람
등록번호 § 제1081-1-89호
등록일자 § 1999. 5. 31
어람번호 § 제1-1333호

주소 § 경기도 부천시 원미구 심곡2동 163-2 서경B/D 3F (우) 420-822
전화 § 032-656-4452 팩스 § 032-656-4453
http://www.chungeoram.com
E-mail § chungeoram@chungeoram.com

ⓒ 이민섭, 2011

ISBN 978-89-251-2772-9 04810
ISBN 978-89-251-2674-6 (세트)

도서출판 청람

[완·결]

5

새벽의 마왕

Dark Messiah

이민섭 퓨전 판타지 소설

FANTASY FRONTIER SPIRIT

CONTENTS

Chapter 01
타락하는 영혼

마왕군의 대대적인 침공이 시작되었다. 불사의 군대를 앞세워 모든 것을 파괴하는 마왕군의 힘에 제국의 인간들은 두려움에 떨 뿐이었다.

제국이 무너져 가고 있다는 것을 나는 너무나도 잘 알 수 있었다. 온몸에 넘쳐 흐르는 마력은 솟아오르는 샘물처럼 계속해서 차오르고 있다.

"체페스……."

동부 대륙과 가장 가까운 도시, 체페스가 눈앞에 보였다. 용사회의 중심적인 곳이기도 한 체페스에는 대규모의 방어진이 구축되어 있었다.

하지만 마왕군의 대규모 물량을 막기에는 손색이 있었다. 마왕군을 휘감는 어둠의 영향 때문에 일반 병사들의 사기는 극에 치달아 있었다. 광신도의 발작을 보는 듯 광기에 젖어 적을 죽이는 모습은 처절하게까지 느껴졌다.

"마신이시여!"

나를 마신이라 부르는 총지휘관 발록이 무릎을 꿇어 나를 우러러보았다. 그와 동시에 주위의 모든 존재들이 머리를 조아렸다.

내가 존재하는 것만으로도 이들의 사기는 끝을 모르고 치솟아 올랐다. 특히나 나에게서 뿜어져 공급되는 마력은 그들의 입장에서는 축복이라 생각될 것이다.

발록은 꽤나 멋진 모습으로 변했다. 인간이었음을 알아보지 못할 정도였다. 3미터가 넘어가는 거대한 체구와 주위에 검붉게 일렁이는 불덩이는 신화에나 나오는 괴수를 연상하게 만들었다.

더욱 강해진 어둠이 이들을 새롭게 태어나게 하고 있다. 이들은 이제 자신을 인간이라 부르기를 거부하며 마족이라는 이름 아래 통합되었다.

"단단해 보이는 방어진이군."

"하찮은 인간들일 뿐이옵니다."

나는 저 멀리 있는 적들을 바라보았다. 대규모의 마력 장포를 설치하고 마법진을 그려 방어벽을 만들어놓고 있었고, 그

안에는 전차와 기사들이 무기를 들고 마왕군의 진격을 기다
리고 있었다.

나는 손가락을 뻗어 한곳에 마력을 응집시켰다. 거대한 구
체로 변한 암흑탄이 소리없이 쏘아져 나갔다.

콰아아아—

대지를 일그러뜨리며 뻗어간 암흑탄은 방어 마법을 간단
히 부수어 버리며 전차들을 날려버리고 주위를 초토화시켰
다.

"진격하라! 마신께서 우리를 지켜주신다!"

발록의 명령이 떨어지자 포진해 있던 마왕군이 모두 진격
하기 시작했다. 전술 따위는 아무래도 좋다는 듯 물량으로 밀
어붙이고 있는 것이다.

하지만 이것이 가장 공포를 극대화시키는 공격 전술이기
도 했다. 끊임없이 몰려드는 적들을 보며 느끼는 감정은 분명
두려움일 것이다.

검은색으로 일통한 마왕군은 악몽 그 자체였다.

"마력진 개방!"

마왕군도 그저 물량에만 의존하는 것은 아니었다. 발록의
지휘 아래 마법사단까지 만들어 인간들이 내뿜는 마력과는
비교도 안 되는 고밀도의 마법 공격을 퍼부었다. 마도 과학에
서는 크게 밀리지만 개개인의 능력은 제국군을 월등히 뛰어
넘는 마왕군이었다.

"제1라인 포격 준비 끝!"

"제2라인 포격 준비 끝!"

"제3라인 포격 준비 끝, 명령 대기 중!"

차례대로 보고가 들어오자 발록은 손을 하늘 위로 올리더니 주먹을 쥐었다.

"포격 개시!"

하늘에서 보라색 구체들이 비처럼 떨어지기 시작했다. 바위만 한 구체는 방어 마법진을 부수고 성벽마저 너덜너덜하게 만들었다.

마력 장포를 운용해서 간신히 피해를 최소화시켰지만 이미 기세가 잡혀 버린 뒤였다.

확실히 밀어버려야 한다.

내가 손가락을 튕기자 드래곤이 날아왔다.

"드, 드래곤이다!"

"마, 망할! 저 드래곤을 집중 공격해!"

"브레스를 쏘게 해서는 안 된다!"

저들은 드래곤을 너무 얕보고 있다. 드래곤의 힘은 브레스만이 아니다.

날개 주위에 수많은 마법진이 생성되었다. 마법진을 뚫고 나온 것은 거대한 화염창들이었다.

콰가가가가!

하늘에서 화염 세례가 퍼부어진다. 마치 소나기를 보는 것 같았다.

내가 만들어낸 것 중 최고가 바로 저 드래곤이었다. A랭크에 달하는 저 존재를 하찮은 마력 장포 따위가 상처 입힐 수 있을까?

콰아아아!

드래곤의 입에서 브레스가 뻗어 나갔다. 일자로 쭉 뻗어 나간 브레스는 닿는 모든 것을 파멸로 몰고 갔다. 도심의 한쪽이 완전히 날아가 버렸다.

"암흑 기사단, 출격!"

검은 갑주를 입은 수백의 기사가 열을 맞춰 앞으로 진격했다. 그 뒤에 이어진 것은 학살이었다. 나는 시선을 돌려 체페스를 바라보았다.

나에게는 그저 보기 싫은 하얀 성일 뿐이다.

찬란했던 도시가 파괴되어 간다.

주변에 흐르던 강은 이미 말라 버린 지 오래다. 본래 황금빛으로 물들어야 할 대지는 칙칙한 회색만이 감돌 뿐이었다. 풀이 짓밟히며 가루가 되어 날렸다. 푸름을 증오하듯 검은 존재들은 눈에 보이는 생명들을 모조리 짓밟고 있었다.

더 이상 내 기억 속 그런 풍경은 볼 수 없을 것이다.

"허무하구나."

예전에는 그렇게 발버둥 쳐서 겨우 살아남았지만, 지금은 상황이 역전되었다.

불타오르는 도시를 등지고 떠나는 행렬이 내 눈에는 보였다. 평범한 시민들은 공포에 젖어 제국의 중심부로 피난길을 떠났다. 최대한 방어선을 지키려는 저들의 노력은 이미 헛되어 버렸다.

"한 놈도 살려두지 마라!"

발록의 외침이 전장 구석구석까지 퍼졌다. 이미 자신들은 인간들과는 다르다고 생각하였기에 손속은 거침없었다. 짐승을 사냥하듯 그렇게 적들을 모조리 제거해 나갔다.

체페스는 맹렬한 공격을 버티지 못하고 무너졌다. 수뇌부들은 탈출한 모양인지 남아 있는 것들은 기사뿐이었다. 체페스를 완전히 소거함으로써 주위의 살아 있는 인간들은 찾아볼 수 없게 되었다.

착실히 시체를 이용해서 몬스터를 만드는 마법사단의 인원이 보였다.

"광기에 물든 어둠……."

수십만에 이르는 인간 병사들은 모두 광기에 물들어 미치광이처럼 날뛰었다. 사상자가 많이 나오기는 했지만 병력은 결코 줄어들지 않았다.

파괴 욕구가 솟아나는 것이 느껴졌다.

'내가 어떻게 된 것인가?'

예전부터 암흑 마기가 미세하게 나의 본성을 자극했다면 지금은 나를 흔들어놓을 정도로 강력해졌다.

‘상관없겠지.’

유혹은 너무나도 달콤했다. 굳이 제정신을 유지할 필요가 있을까?

오히려 파괴를 지속하는 데에는 어둠에 취하는 것이 더 바람직했다.

나는 웃었다. 절로 웃음이 나왔다. 미친 웃음이 분명했다.

“이제 시작이다.”

제국을 뒤엎을 어둠은 널리 퍼져 나가기 시작했다.

제국 침략을 시작한 지 벌써 한 달 가까이 지났다. 내 몸 안으로 밀려드는 어둠은 더더욱 강해져 내 머릿속까지 휘저어 놓고 있었다.

어둠이 가져다주는 것은 파괴에 의한 강력한 쾌감.

“좋군.”

너무나도 달콤한 속삭임이다.

위험한 유혹이기도 했다. 하지만 거부할 필요가 있을까? 어둠에 동조함으로써 더욱 강해진다면 오히려 받아들여야 하는 것이 아닌가?

나는 마왕이다. 아주 악랄한 마왕.

사람들이 나를 그렇게 부르고 두려워한다.

파괴를 일으키는 목적? 이 세계의 진실?

이제는 그런 것 따위는 어찌 되든 상관없어. 모조리 파괴하고 싶다.

눈에 보이는 것을 모조리 없애 버리고 싶다.

제국을 없앤 다음엔? 황제를 죽인 다음엔?

대륙을 없애 버리면 된다. 행성 자체를 파괴하는 것도 괜찮겠지. 어쩌면 나는 이것을 위해 이 세계에 온 것인지도 모른다.

이 세계를 없애기 위해.

"그래, 모두 죽여 버려라."

마왕군은 포로를 허용치 않았다. 눈에 보이는 모든 생명을 죽였다. 끊임없이 타락하는 마왕군의 간부들을 보니 웃음이 절로 나왔다.

암흑은 점점 강대해지고 있다. 세상 누가 나타나도 지지 않으리라는 자신이 있었다.

"무너져라."

성이 무너지고 도시가 불타오른다.

"바닥을 기다 죽어라."

흥분되었다. 내 눈앞에 보이는 파괴 행위가 너무나도 즐거워지기 시작했다.

마을을 지우고 도시를 지울수록 쾌감이 더 커져 갔다. 암흑은 나에게 끊임없이 힘을 주고 설렘과 기대를 주었다.

더 많은 죽음을 바란다.

사라의 얼굴, 프린, 노바, 그리고 사토의 얼굴이 희미하게 떠오르지만 어둠에 묻혀 저 멀리 사라지고 있었다.

아무것도 생각하고 싶지 않다.

그냥 이렇게 약에 취한 듯 파괴를 지속하고 싶다.

"마스터."

학살이 진행될수록 레이첼의 표정이 굳어갔다.

"변하셨군요."

좋은 변화라고 생각되지는 않는다. 하지만 이로써 더 큰 힘을 가질 수 있다면 이것도 나쁘지 않다고 생각했다.

"무너져 가는 제국, 멋지지 않은가?"

"저 역시 제국의 몰락을 바랐지만 이건… 그저 대량 학살일 뿐입니다."

"전쟁이란 그런 것이지. 강한 자가 약한 자를 죽이는 건 당연한 것이다."

레이첼이 잔잔한 눈으로 나를 바라보았다.

"그것은 마스터께서 바라시는 일인가요?"

나는 그녀의 말에 대답하지 않았다. 그녀는 조용히 고개를 숙이고는 물러났다.

마왕군의 진격은 너무나도 순조로웠다.

너무나도 순조로워 평화로울 지경이었다. 나는 마왕군의 진격보다 더 앞서 제국 깊숙이 들어왔다.

"그리운 향기가 나는군."

갈증이 나는 향기, 그리고 죽음의 냄새.

그래, 이쯤이었을 것이다.

내가 처음 이 세계에 떨어진 사막이 바로 이 근처였다. 나는 사막 근처에 도착했다.

어둠이 나를 이끈다. 나는 사막에서 손에 넣어야 할 것이 있다. 더욱 강한 힘을 위해 말이다.

"좀 더 많은 어둠을 나에게!"

사막이 눈앞에 있다. 어둠에 물든 사막이 저 멀리서 느껴졌다.

이 근처에서 강력한 악의가 느껴졌다. 누군가 어둠을 담아 나를 부른다.

사막에 가기 전에 들러보는 것도 좋겠지. 나는 몸을 이동시켰다. 나를 부르는 그곳에 당도해서 주위를 둘러보았다.

"거기 서라!"

"뭐하는 놈이냐!"

제국군의 기사들이 몰려왔다.

"검은 머리? 마왕 신봉자다!"

이곳은 처형장이었다. 어둠이 넘쳐 나는 바로 그런 곳이었다. 어두운 머리카락을 지닌 많은 사람들이 죽어 있었다. 저들이 죽인 것이 분명하다.

묶여 있는 많은 사람들이 보였다. 어두운 갈색 머리를 지닌 사람, 그리고 간간이 보이는 검은 머리, 모두의 눈에는 절망이 일렁이고 있었다.

나를 부른 것은 그들 중 하나였다. 피눈물을 흘리며 죽은 자신의 어미를 바라보는 소년에게서 어둠에 얼룩진 증오가 뿜어져 나왔다.

"저들의 죽음을 원하나?"

기사 하나가 달려들었다. 나는 손을 뻗어 기사의 머리를 잡았다.

"다 죽여줘!"

소년은 악의에 찬 눈으로 나를 보며 부르짖었다. 손에 힘을 주어 기사를 단번에 죽였다.

바닥에 떨어지는 그의 육체를 멍하니 바라보던 기사들이 나에게 달려들기 시작했다.

"즉결 처분하라!"

사방에서 검들이 쏟아져 내렸다.

내 마나 실드를 뚫지 못하고 검이 튕겨져 나갔다. 나는 손을 뻗어 정면의 기사를 잡았다.

좋은 제국군 갑옷을 입고 있는 기사였다. 목을 잡고 힘을 주는 것만으로도 너무나도 쉽게 목숨이 끊어졌다.

생명을 거두는 것은 이토록 쉽다.

기사들이 주춤거렸다.

"아까부터 시끄럽군."

발을 한 걸음 내디뎠다. 내 주위에 무수한 마법진이 떠오르기 시작했다.

“아, 암흑 마법?”

손가락을 튕기자 마법진이 깨지며 거대한 어둠의 송곳이 사방으로 뿜어져 나갔다. 굳이 검을 뽑을 필요가 없었다. 귀찮은 파리 무리를 처리하는 데에는 마법이 제격이다.

“크아아악!”

어둠의 송곳에 찔려 많은 기사들이 사라졌다. 도망치는 기사가 보였다. 검까지 버리고서는 헐레벌떡 뛰어간다. 내가 손을 뻗자 기사의 움직임이 멈췄다.

주먹을 쥐었다.

“크악!”

비명을 지르더니 그대로 죽어버렸다. 싸늘한 침묵이 자리 잡았다. 묶여 있는 사람들도 공포에 질려 있었다. 주변에 있던 사람들은 도망간 지 오래다.

소년은 멍하니 이 참사를 바라보았다.

“아, 악마!”

묶여 있던 사람이 두려움에 떨며 그렇게 말했다. 나와 시선이 마주치자 벌벌 떨다가 그대로 기절해 버렸다.

악마, 그것도 좋지만 나는 악마가 아니다.

“마왕이다.”

간단한 유흥거리는 되었다.

사막을 향해 텔레포트했다.

내가 이동한 곳은 용병 마을이 있던 곳이다. 아직도 마을의 파편이 주위에 널려 있었다. 아무도 찾지 않은 파괴된 마을이 된 것이다.

나는 빠르게 몸을 이동시키며 앞으로 나아갔다. 전갈들을 지나 사막의 중심을 향해 이동했다.

콰가가가가!

눈앞에 거대한 폭풍이 보였다. 사막의 폭풍. 눈에 담을 수조차 없을 정도로 거대했다. 로브 자락이 휘날리며 거칠게 바람에 날리었다.

나는 그 자리에 서서 검을 뽑았다.

지금의 나에겐 저 거대한 폭풍도 눈에 거슬리는 방해물일 뿐이다.

검에 마력을 넣었다. 어둠이 퍼져 나가며 주위를 어둡게 만들었다. 나에게 닿는 모래바람을 모조리 소멸시키며 엄청난 존재감을 과시했다.

"없어져라."

위에서 아래로, 그리고 왼쪽에서 오른쪽으로 베었다. 뿜어져 나간 어둠이 모래 폭풍을 십자 모양으로 갈랐다.

휘이이이이!

마치 비명을 지르는 것 같다. 바람이 빠지는 소리와 함께 베어진 부분부터 사라져 갔다. 바람의 흐름마저 소멸시키며 모든 것을 먹어버린 후에야 어둠은 공중으로 흩어져 사라졌다.

검을 검집에 넣고 빠르게 몸을 이동시켰다. 나의 몸은 어느 새 불길한 어둠을 내뿜는 사막으로 들어왔다.

불길한 어둠이 나에게로 빨려들어 왔다. 짜릿한 쾌감이 전신을 때리며 나를 웃게 만들었다.

수많은 몬스터가 나를 감지했다. 수십에 달하는 중형급 몬스터, 그리고 어마어마한 크기를 자랑하는 대형급 몬스터.

모두 나의 기운을 느끼고는 움찔거리며 물러났다. 하지만 내가 가만두지 않았다.

검을 뽑아 모래 바닥에 찍어 눌렀다.

슈우우욱!

모래를 암흑으로 물들이며 순식간에 바닥을 장악했다. 몬스터들이 이상을 감지했을 때는 이미 늦었다.

서걱!

바닥에서 뿜어져 나간 수십의 어둠의 칼날들이 무참히 몬스터들의 몸통을 찢어놓았기 때문이다

쿠오오오오!

고통의 비명을 지르며 육체가 갈리는 몬스터들을 눈에 담았다. 내가 이곳에 처음 왔을 때 나에게 형용할 수 없는 공포를 주었지만 지금은 그저 시시한 장난으로도 죽을 나약한 존재가 되었다.

"내가 강해진 것이다."

나는 강해졌다. 그리고 더욱 강해질 것이다. 그 누구보다

도 강해질 것이다.

"더 많은 어둠을 담아야 해."

어둠은 탐욕스럽다. 서로 더 뭉치기를 원한다. 더욱 많아지면 강해지는 것은 당연했다. 몬스터들이 지니고 있던 어둠이 나에게 빨려들어 왔다.

좋은 기분이지만 나는 이런 조그마한 어둠을 원해서 이곳에 온 것이 아니다.

저 멀리서 거대한 어둠이 느껴졌다.

"전갈왕."

나는 전갈왕 앞으로 이동했다. 거대한 몸체를 자랑하는 전갈왕이 붉은 눈동자로 나를 바라보았다.

[어둠, 빛…….]

전갈왕의 의지가 머릿속을 울렸다.

[어둠에 닿았다. 그대, 어둠이 되었다.]

"그래, 나는 더욱 강한 힘을 원해."

전갈왕의 붉은 안광은 차분하게 가라앉았다.

[그대의 의지는 타락했다. 그것을 아는가?]

"타락? 그게 무슨 상관이지?"

마력을 풀자 어둠이 뿜어져 나와 사막의 뜨거운 태양을 가렸다. 주변이 어두워지며 밤과 같이 변했다.

[이것도 운명.]

전갈왕은 거대한 몸체를 일으켜 기세를 일으켰다. 몬스터

답지 않은 기세에 나는 살짝 놀랬다. 그 기세가 숭고하게까지 느껴졌기 때문이다.

[그대는 자신의 의지를 잃어서는 안 된다.]

"시끄럽다."

천천히 검을 뽑았다.

[재생의 시간을 위해.]

전갈왕의 거대한 집게가 나를 향해 찍어 눌러왔다. 나는 그것을 피하지 않고 가볍게 검으로 베었다. 거대한 집게는 허망하게 갈려 모래 바닥에 떨어졌다.

전갈왕이 나에게 돌격해 왔다.

거대한 몸체 때문에 성 하나가 돌격해 오는 느낌이었다. 나는 손을 들어 몸체를 막았다.

쾅!

믿기 힘든 굉음이 나면서 전갈왕의 돌진이 멈추었다. 충격 때문에 모래가 사방으로 비상하며 거대한 구덩이가 생겼다.

힘으로 전갈왕을 밀어냈다. 전갈왕은 옆으로 몸을 비틀어 거대한 몸을 또다시 들이댔다.

나는 옆으로 물러나며 전갈왕의 오른편 다리를 모두 잘랐다.

콰앙!

전갈왕의 몸체가 뒤뚱거리다가 바닥에 처박혔다.

힘없이 빛을 발하는 붉은 안광으로 나를 바라보았다.

[나에게 안식을…….]

나는 전갈왕의 몸체에 올라탔다. 그리고 전갈왕에게서 느껴지는 거대한 어둠의 중심을 향해 손을 쑤셔 넣었다. 단단한 갑옷이 가볍게 찢어지며 살을 파고들고 뼈를 박살 냈다.

힘을 주자 마력이 퍼져 나가며 몸체를 갈기갈기 찢어버렸다. 동시에 손에 무언가 빨려왔다.

푸식—

내 손에 들려 있는 것은 구슬이었다. 어둠을 담고 있는 구슬. 나는 그것을 내 것으로 흡수했다.

사막을 휘감던 어둠이 더욱 뿜어져 나갔다. 내 눈에 보이는 모든 것을 휘감았다.

"이제 밤의 왕을 만나야지."

낮의 왕이 전갈왕이라면 밤의 왕은 거대한 원형의 몬스터였다. 불길한 빛을 발광하는 밤의 제왕. 나는 그놈을 부르기 위해 사막 전체를 어둠으로 물들였다.

사막의 모래를 가르고 거대한 구가 떠올랐다. 은은한 초록색 빛을 발하고 있어 너무나도 눈에 잘 띄었다.

"네놈도 할 말이 있나?"

거대한 구가 부르르 떨렸다.

마치 기뻐하는 것 같았다. 나의 격렬한 살의에도 불구하고 말이다.

나는 허공으로 검을 휘둘렀다. 어둠이 공간을 일직선으로 가르고 지나갔다. 공간이 갈라지며 거대한 구 역시 두 조각 나 빛을 잃었다.

나는 거대한 구가 지니고 있는 구슬마저 흡수했다. 더욱 강력해진 어둠이 나를 기쁘게 만들었다. 이제는 어둠의 흐름에서 더욱 많은 어둠을 받아들일 수 있었다.

몬스터의 시체를 모두 없애 버렸다.

"크큭."

입술을 비집고 웃음이 튀어나왔다.

아직 부족해.

마왕군 진영에 복귀했다. 이제는 인간의 모습을 완전히 탈피해 괴물이 되어버린 간부들이 보였다.

나는 그들에게 더욱 암흑을 불어넣어 주었다.

"오오! 마신께서 우리를 축복해 주신다!"

"찬양하라!"

환희에 떨며 나를 찬양하기 시작했다. 진격하고 있는 마왕군은 늠름하기 그지없었다. 하지만 예전에 비해 진군 속도가 많이 느렸다.

"요상한 빛을 다루는 기사들이 나타나기 시작했습니다."

"빛이라……."

그 말이 사실이라면 어둠을 지닌 저들에게는 분명 상극일 것이다. 눈앞에 꽤나 큰 규모의 도시가 보였다. 수도로 가는

길목에 위치한 저 도시를 함락한다면 제국 각지까지 빠르게
진격할 수 있었다.

아무리 몬스터라도 산을 넘고 협곡을 넘는 것보다는 거대
한 도로로 진격하는 편이 좋았다.

멀리서 흰 갑옷을 입은 기사단이 보였다.

"드디어 나왔군."

인페르노라 불리는 최강의 기사단.

황제 직속의 기사단.

빛을 내뿜는 무기를 가지고 날카로운 기세를 뿌리고 있었
다. 돌진하는 오우거가 날카로운 참격에 의해 육체가 찢어져
내렸다.

마치 어둠에 대항하는 백신처럼 어둠을 밀어내고 있었다.

하늘을 날며 브레스를 쏘려던 드래곤 역시 하얗게 빛나는
거대한 화살세례를 받더니 뒤로 물러나고 말았다.

흥미가 있다.

나는 전장의 속으로 이동했다. 어둠이 뿌려지며 내가 나타
나자 인페르노를 제외한 제국군이 기겁을 하며 덜덜 떨기 시
작했다.

대륙에서는 마왕이 가지는 이름은 이미 절대적이다. 대륙
을 절망의 구렁텅이로 몰아넣은 나를 보고 두려워하지 않는
인간은 존재하지 않을 것이다.

"네놈들이 기어 나오길 기다렸다."

나는 비릿하게 웃으며 손을 풀었다. 체페스에서 느꼈던 그 날카로운 기세가 나를 흥분시켰다.

"타락하셨군요."

투구로 얼굴을 반쯤 가린, 인페르노의 수장이 몇 걸음 앞으로 나왔다.

"더 이상 정신을 오염시켜서는 안 됩니다. 그대는……."

"곧 죽을 놈이 말이 많군."

나는 질풍검을 뺐었다. 암흑으로 일렁거리는 질풍검은 이미 변질되어 빛을 잃은 지 오래였다. 어두운 검신, 그것에서 뿜어 나오는 예기는 그 어떤 것도 자를 수 있을 것이다.

투구 사이로 비치는 그의 눈은 어째서인지 여러 감정이 교차되어 있었다.

온몸을 물들이는 어둠이 나의 생각을 날려 버렸다. 생각할 필요도 없다. 적이라면 처참하게 죽여 버리면 될 터이다.

무엇을 고민하는가, 데이오스?

방해하는 자는 죽이고, 거슬리는 자도 역시 죽인다. 내가 힘을 원한 이유, 바로 그것을 위해서이지 않는가?

"죽여주마."

절로 음산한 웃음이 지어졌다. 인페르노의 수장은 천천히 검을 뽑았다. 넘실거리는 빛이 내 눈을 아프게 만들었다.

나에게서 뿜어져 나간 검은 안개가 조금씩 뒤로 밀려났다. 생각보다 강한 빛이었다.

나는 빠르게 검을 휘둘렀다. 눈으로는 따라오지 못하는 움직임으로 빠르게 움직이며 그에게 검을 휘둘렀다.

킹!

어둠이 물든 검을 빛으로 일렁이는 검이 막았다. 강한 힘이었다. 내가 우위에 있기는 하지만 절대 인간으로는 볼 수 없는 힘이었다.

"너, 인간이 아니군."

"그렇다면 당신은 무엇이겠습니까?"

"나는 무엇일까?"

나는 그의 검을 튕겨냈다. 그리고는 빠르게 달려들어 수십의 참격을 날렸다.

"네놈을 죽이게 된다면 어쩌면 알 수 있을지도 모르지."

그의 흰 갑옷에 상처가 생겼다. 어깨 보호구는 부서져 내린 지 오래고 가슴 갑주도 검게 물들어갔다.

"흡!"

화려한 검기가 나를 향해 쏘아져 왔다. 마나 실드를 믿고 있었지만 균열이 가며 검기 중 하나가 내 팔을 스치고 지나갔다.

주륵—

피가 흘러나왔다.

오랜만에 상처가 생겼다. 빛은 내 신체를 파괴하며 침투하려다가 암흑에 잡아먹혀 버렸다. 상처는 순식간에 재생되었다.

"검술 실력이 제법이군."

내 몸이 그의 바로 앞에 이동되었다. 빠르게 검을 놀려 급소를 노렸다. 그의 반응은 가히 신속이었다.

내 검을 일일이 쳐 내고 있었다.

"느려!"

"큭!"

어두운 검이 가슴 갑주를 가르며 지나갔다. 그는 뒤로 빠르게 피하며 피해를 최소화시켰다.

그는 갑옷을 떼어내고는 부드럽게 웃었다.

"이곳은 최후의 전장으로는 어울리지 않는군요."

그가 손을 뻗자 인페르노들이 그의 주위로 몰려들었다. 그의 발밑에 마법진이 생겼다.

텔레포트 마법진이었다.

"수도에서 기다리겠습니다."

미리 준비하고 있었는 듯 순식간에 빛무리를 뿜더니 사라졌다.

무엇을 준비하고 있는 건지 모르지만 다음에 만날 때면 수도와 함께 그 존재를 지워 버릴 것이다. 황제의 목을 베어서 기념비로 삼아주지.

벌써부터 기대가 된다.

"우, 우리를 버렸다?"

"어째서?"

인페르노들이 사라지자 당황하는 것은 제국군이었다.

마왕군을 막아주는 방어막 같은 존재들이 사라지니 당황하며 두려움에 떠는 것은 당연했다.

이 얼마나 무력한 존재인가?

곧 사라질 한심한 족속들일 뿐이다.

"걱정 마라. 저들 역시 곧 너희를 따라갈 터이니."

나는 제국군을 보며 웃었다.

"지옥에 온 것을 환영한다."

내 뒤로는 수만의 마왕군이 흉흉한 안광을 빛내고 있었다.

비명 소리만 들려오는 전장이 되었다.

참으로 감미로운 연주곡이다.

방해하는 자는 없었다. 제국의 수도에 이르기까지 눈에 보이는 모든 것을 파괴했다. 마왕군은 충실히 내 뜻을 받들어 모든 것을 지워 버렸다.

"도착했군. 드디어."

쥬신의 수도의 압도적인 광경이 눈에 들어왔다. 마왕군이 수도를 향해 진격했지만 베리어에 부딪쳐 그대로 소멸되고 말았다.

"귀찮은 짓을 해놓았군."

거대한 도시 주위로 퍼져 있는 흰색 베리어가 그 누구의 침입도 허용치 않았다. 마왕군은 그저 수도 주위를 널찍하게 둘러싸고 있을 뿐이었다.

"마신이시여! 저 인간들에게 암흑의 철퇴를 내려주시옵소서!"

발록이 내 앞에 무릎을 꿇으며 그렇게 말했다. 이제는 거대한 악마가 된 발록의 모습은 흉물스럽기 그지없었다.

그의 눈에서는 이젠 도저히 인간성을 찾아볼 수 없었다. 탐욕과 야망이 가득한 눈은 더러움 그 자체였다.

레이첼이 그를 경멸스러운 눈으로 바라보았지만 내 앞에서는 그것을 내색하지 않았다.

이중에서 인간성을 유일하게 지닌 것은 레이첼뿐이었다. 그녀의 마음속에서 어떤 빛과 같은 것이 보였다. 그것을 제거해 버리고 싶었지만 왜인지 몸이 따라주지 않았다.

마치 내 마음속에 있는 어떤 것이 그것을 거부하고 있는 것 같았다.

나는 베리어를 바라보았다.

저 정도 크기의 베리어를 유지하려면 어마어마한 마력이 들어갈 것이다. 대단한 마력 유동이다. 마치 성스러운 천국의 도시를 연상시키듯, 거대한 자태를 뽐내는 저 도시에 들어갈 수 있는 어둠의 존재는 존재하지 않았다.

"마스터."

레이첼이 내 손을 잡았다. 무언가 따듯한 것이 밀려오는 느낌이다.

　머리가 아파왔다. 레이첼을 바라보니 흐릿했던 정신이 조금은 맑아지는 느낌이다.

　나는 무엇을 하고 있는 거지? 나는 거칠게 고개를 저었다.

　"레이… 첼."

　나는 간신히 입을 떼었다.

　"프… 린, 노바를 부탁한다."

　내가 무엇을 말하고 있는지조차 몰랐다. 아무것도 보이지 않는 곳에서 힘겹게 뱉은 말이었다.

　레이첼은 겨우 웃어주었다. 제국을 점령하면서 단 한 번도 웃지 않았던 그녀가 웃었다.

　나는 그녀를 뒤로 밀고 프린의 근처로 텔레포트시켰다.

　아프다. 머리가 아프다.

　어둠이 다시 몰려와 오감을 오염시켰다. 주위에 빛이 충만하기 때문인지 내 정신은 크게 흔들리고 있다.

　하지만 그것도 잠시였다.

　거대한 어둠의 흐름이 흔들리는 내 마력을 다시 충만하게 만들어주었다.

　내가 이곳에 온 목적을 다시 상기시켰다. 그래, 나는 모든 것을 없애기 위해 왔다.

　"날 부르는 것인가?"

　왜인지, 이 모든 것이 무슨 의미인지 알 것 같았다. 마력의 흐름이 내 두 눈에 보였다. 감출 수 있음에도 대놓고 이렇게 보여준다는 것은 나를 안으로 초대한다는 것과 같은 의미였다.

이런 상황에서도 끝까지 여유를 잃지 않는 황제였다. 나를 깔보고 있는 건가?

하지만 어떤 이유라도 상관없다. 나는 황제를 죽이고 저 수도를 없애 버릴 것이다.

슈욱―

내 몸을 도시의 입구로 이동시켰다. 흰 물결로 일렁거리는 베리어에 손을 뻗고 마력을 침범시켰다. 사람 하나 정도 들어갈 공간이 생겼다. 그 안으로 들어가자 다시 베리어가 수복되었다.

내가 들어온 것을 알아차린 듯 막대한 마력이 뿜어져 나오기 시작했다. 흰색 베리어는 푸른색으로 바뀌더니 그 틈을 찾아볼 수 없을 정도로 견고해졌다.

손을 대니 강한 반발력 때문에 튕겨져 나갔다.

"행성 전체의 마력을 퍼부은 건가? 무슨 목적으로?"

수도의 중앙으로 행성을 휘감는 마력의 흐름이 모두 집결하는 것을 볼 수 있었다. 밖에서는 보이지 않았는데 안으로 들어오니 너무나도 확연히 볼 수 있었다.

이 거대한 흐름은 수도의 중앙을 지나 또다시 대륙 곳곳으로 퍼져 가고 있었다.

"장관이군."

모든 마력은 빛과 어둠의 흐름에 귀결되고, 그 두 흐름은 서로를 물어뜯으며 수도의 중앙으로 빨려들어 가고 있었다.

도시 안으로 들어섰다. 먼지 하나 없이 깔끔한 도시에는 그 어떤 사람도 존재하지 않았다. 사람의 흔적이 모두 지워진 것처럼 느껴졌다.

너무나 깨끗해서 이질감이 들 정도였다. 눈부신 흰색 벽돌로 지은 집들은 주위의 일렁이는 모든 빛을 반사해 눈을 부시게 만들었다.

천상의 도시가 이러할까?

빛 때문인지 머리가 어지러웠다. 유일하게 검은 나의 존재는 이 도시의 불청객처럼 느껴졌다.

"후……."

거대한 마력을 일으켜 주위를 어둡게 물들였다. 치솟는 파괴 본능을 가라앉히고 천천히 긴 도로를 따라 걸었다. 현대 문명의 그것과 닮은 거리의 풍경은 어떤 아련한 그리움을 가져다주었다.

나는 이곳에 와본 적이 있는 것인가?

기억나지 않는다. 당연했다. 여태까지도 생각나지 않는 기억이 떠오를 리 없었다.

조금 걷자 거대한 원형의 텅 빈 공간이 나타났다. 흑과 백의 돌로 엇갈려 가며 만들어놓은 바닥이 인상적이었다.

내 입가에 미소가 지어졌다.

드디어 그토록 죽이고 싶었던 자들이 하나둘 모습을 드러냈기 때문이다.

저 문양은 잊을 수 없다.

"인페르노."

짐승의 울음소리같이 거친 소리가 내 성대를 찢고 입 밖으로 튀어나왔다. 상대를 보는 것만으로도 참을 수 없을 정도로 끓어오르는 살의가 나를 광소 짓게 만들었다.

마치 성기사를 보는 것 같은 아름다운 빛의 갑옷을 입고 있는 기사들이 주위를 빽빽하게 수놓았다. 수백이 넘어가는 숫자였다.

그들이 발산하는 기세 때문에 건물이 흔들릴 지경이다.

"오셨군요."

이 목소리, 나는 알고 있다.

인페르노의 수장.

내 검을 받아낼 실력을 지닌 기사.

"이번엔 죽여주지."

주먹을 쥔다. 그러자 공간마저 일그러뜨리며 뿜어져 나간 암흑이 인페르노의 기세를 압도하기 시작했다. 나를 막을 수 있는 자는 존재하지 않는다.

"더욱 강해지셨군요."

"이제 사라질 시간이다."

손을 튕기자 인페르노 하나가 내 손까지 빨려들어 왔다. 목을 움켜쥐고 힘을 주는 것만으로도 그 강했던 기사 하나의 몸이 찢겨져 나갔다.

텅—

주인을 잃은 갑옷만이 바닥에 떨어져 빛을 잃어갈 뿐이다.

'부족하다. 부족해.'

내 분노를 진정시키기에는 저들로서는 무리다. 좀 더 나를 즐겁게 해줄 존재가 필요했다.

"시작하겠습니다."

누구한테 고하는 것일까?

상관없다. 어차피 죽을 자들이니까.

정면에 나와 있던 대장으로 보이는 자가 검을 치켜들자 나를 포위한 수백의 기사가 똑같은 동작을 취했다. 기계처럼 느껴질 정도로 절도 있는 동작이었다.

숨소리마저 들리지 않을 정도로 고요한 침묵이 자리 잡았다.

나는 천천히 넓은 공간의 중앙으로 걸어갔다.

기다렸다는 듯 인페르노들이 달려들기 시작했다. 사방에서 몰려드는 수백의 흰 기사를 보는 것도 나름 장관이었다. 건방지게 검끝이 나를 향한 것은 마음에 들지 않지만 말이다.

검게 일그러진 질풍검을 빼어 들었다. 암흑에 침식되어 기이한 모습으로 변한 질풍검은 더 이상 질풍검으로 불릴 수 없을 것이다.

가볍게 손을 놀려 정면을 베었다.

공간이 일그러지며 뿜어져 나간 검은 검기가 인페르노 몇 놈을 그대로 가르며 지나갔다.

“음?”

인페르노가 죽자 갑작스럽게 환한 빛이 터지더니 내 몸으로 빨려들어 갔다.

‘빛?’

보통 빛과는 그 성질이 달랐다. 막대한 어둠으로도 쉽게 몰아낼 수 없었다.

‘무슨 수작이지?’

일단 나에게 찔러들어 오는 검을 쳐내고 여럿을 베었다. 마치 죽음을 기다리기라도 한 듯 무조건 돌격해 오는 인페르노들 때문에 인상을 쓸 수밖에 없었다.

더군다나 죽을 때 내뿜는 빛이 내 몸으로 빨려들어 가고 있었다.

나는 주위를 둘러보았다.

“마법진?”

자세히 보니 바닥에는 거대한 마법진이 그려져 있었다. 그것이 내 몸으로 빛을 집중시키고 있었다.

암흑 마기를 일으켰다. 내 몸속을 파고들어 퍼져 나가는 빛은 암흑 마기를 피해 도망 다녔다.

전투에 영향을 미치지는 않는다. 딱히 내 몸을 파괴하거나 하는 것이 아니었다.

이것에 관해서는 일단 저 인페르노들을 모두 척살한 다음 생각하는 것이 좋을 것 같았다.

모조리 죽여주마.

검을 앞으로 뻗었다.

"사라져!"

뿜어져 간 암흑이 칼날로 변하며 정면을 쓸어버렸다. 그것에 그치지 않고 검을 바닥에 꽂아 넣었다.

바닥이 일그러지며 흑염이 치솟았다. 어두운 화염은 사방의 적을 한순간에 삼켜 버렸다. 검술의 경지를 아득히 넘어선 마검술.

내가 이룩한, 인간으로서는 도달할 수 없는 경지가 지금 펼쳐지고 있는 것이다.

호흡을 멈추자 시간이 멈춘 것 같은 착각이 일었다. 정면에서 도약해 찍어 베어오는 놈, 내 뒤에서 빠르게 검을 찔러오는 놈, 양옆에서 내 허리를 노리는 일격이 정지 화면처럼 보였다.

검을 놀린다.

검은 기운이 순식간에 터져 나와 육신을 갈기갈기 찢어놓았다.

착―

검끝이 바닥에 닿기가 무섭게 나를 공격하던 놈들이 모두 찢겨 바닥에 떨어졌다. 그들이 죽자 내뿜는 빛에 내 몸에 누적되기 시작했다.

'흠.'

암흑 마기로 밀어내려 했지만 놈들이 시간을 주지 않고 달려들었다.

벌떼처럼 달려든다. 수백에 이르는 하얀 기사들이 모두 똑같은 동작으로 달려들기 시작했다.

내렸던 검을 순식간에 위로 쳐 올리며 검기를 뿜어내자 그중의 일부가 허무하게 사라졌다.

"장난은 끝이다."

더 이상 놈들과 놀아줄 여유는 없다. 마력을 집중시키자 내 머리 위로 거대한 검은 마법진이 새겨졌다.

손에 든 검을 하늘로 던졌다.

콰가가가가—

마법진에 검이 꽂히자 마법진이 부서져 나가며 검은 검이 무수히 떨어지기 시작했다.

검의 소나기.

암흑으로 이루어진 검이 하얀 기사들의 몸에 꽂히며 육체를 소멸시켰다. 죽이면 죽일수록 들끓던 파괴 본능이었지만 어째서인지 지금은 차분하게 정신이 가라앉기 시작했다.

흥이 식어버렸다. 가볍게 검을 놀리는 것만으로 많은 기사들의 육체를 갈라 버렸다.

수백은 어느새 수십으로 줄어 있었다.

몸을 이동시킨다.

수십 개의 잔상이 뻗어 나가며 적들의 육체에 검을 꽂아 넣었다. 동시에 적들의 육체가 무너지자 잔상은 다시 하나로 뭉쳐졌다.

"과연 대단한 실력이시군요."

부하들이 죽어나가도 미동조차 하지 않았던 인페르노의 수장이 천천히 움직이기 시작했다.

그에게 있어서 이들의 가치는 과연 무엇일까?

투구의 구멍 사이로 비치는 흔들리는 눈빛이 그가 어떤 감정을 품고 있는지 알려주었다.

그는 진정으로 이들의 죽음을 슬퍼하고 있다. 하지만 그것을 내색하지는 않았다.

그것이 정해진 것이라도 되는 듯 받아들이고 있는 것이다.

"이날을 기다렸습니다."

그가 천천히 검을 뽑았다.

검을 타고 흐르는 것은 빛의 기운이었다. 나와 상극인 빛을 그가 내뿜고 있었다. 내 몸에 빨려온 빛이 암흑 마기와 대응하며 조금씩 그 영역을 확대시키고 있었다.

나는 암흑 마기를 일으켜 그것을 억눌렀다. 내 몸에 나쁜 영향을 주는 것 같지는 않지만 정신적인 부분에 영향을 미치고 있었다.

흥분이 가라앉고 좀 더 차분해졌다. 안개 속에 가려져 있던 내 의식이 다시금 깨어나는 느낌이다.

"무슨 뜻이지?"

"모든 것은 당신의 뜻대로."

빛으로 타오른다. 눈부신 빛이 창공으로 쏘아졌다. 그에게서 방출되는 빛이 내 주위의 어둠을 물러나게 만들고 있었다.

"무슨 이유든 상관없어."

나는 검게 일렁이는 검을 그에게 겨누었다.

무슨 이유가 있든지 상관없다. 나는 저자의 죽음을 바랄 뿐이다. 그를 죽이고 저 거대한 궁전에 있는 오만한 황제를 죽인다.

그것이 내가 이곳에 온 목적이다. 내가 마왕군을 일으킨 목적이다. 그리고 지금 내 삶의 목적이기도 했다.

어둠을 일으켜 빛을 차단했다.

알고 있다. 나는 도저히 용서받지 못할 악인이라는 것을 누구보다 잘 알고 있다.

마왕이라는 이름에 어울리는 그런 악인이다.

내가 한 수많은 살생에도 과연 의미가 있는 것인가?

"부디 이것이 마지막이 되었으면 좋겠습니다."

그의 검이 휘둘러졌다. 내 몸이 비틀거릴 정도의 압력이 느껴졌다. 나는 검을 뻗어 휘둘러오는 빛의 검을 막았다.

콰가가가—

주위로 충격파가 퍼져 나가며 건물들을 박살 냈다.

묵직한 힘이 나에게 놀라움을 심어주었다.

"꽤 하는군."

강한 자인 줄 알았지만 이 정도로 강할 줄은 몰랐다. 나를 제외한다면 분명 이 행성에서 최고의 실력자임에 틀림없었다.

검을 팅겨내자 그의 몸이 살짝 팅기며 물러났다.

"네놈……."

그는 아무 말 없이 다시 자세를 고쳐 잡았다. 큰 피해를 입지 않은 마왕군이 수도에 이르러 절반 가까이 전멸한 이유를 알 것도 같았다. 이런 빛이라면 분명 암흑의 최대의 적이니 말이다.

그것은 나에게도 마찬가지였다.

달아오르는 몸과는 다르게 나의 정신은 더욱 가라앉았다. 잊고 있던 감정들이 고개를 들기 시작했다. 혼란을 가라앉히며 차분한 눈으로 그를 바라보았다.

"혼란스럽습니까?"

나는 호흡을 가다듬으며 다시 검을 들었다.

"묻겠다. 프린을 살려준 것은… 무엇 때문이지?"

"명령을 충실히 이행하지 않은 저의 불찰이겠지요."

"그런가?"

감사의 말은 하지 않았다. 그 역시 그것을 당연하게 생각하는 듯했다.

어둠의 흐름의 힘을 빌릴 수 있게 되고 나서 이토록 오랫동안 상대한 자는 없었다. 모두 인간의 범주에서 벗어나지 못한 강자뿐이라 나의 검을 받아내지 못했다.

하지만 이자는 다르다.

절로 손에 힘이 들어갔다.

탕!

땅을 박차자 내 몸이 사라졌다. 굉장한 빠르기로 돌격해 검을 찔렀다. 그는 빠르게 검을 올려 가드에 성공했지만 내 힘에 의해 뒤로 쭉 밀려났다.

그의 뒤로 이동해 올려 베었다.

몸을 비틀어 간신히 참격을 피한 다음 그가 반격해 왔다.

팅!

검과 검이 마주하자 그의 눈이 더욱 자세하게 보였다. 검은 눈동자다.

키이이잉—

빛과 어둠이 엉켜가며 굉음을 일으켰다. 검을 팅겨낸 다음 수십의 참격을 퍼부었다.

그 여파에 의해 건물이 박살 나고 땅이 갈라졌으며 공간이 일그러졌다.

갑옷이 부서져 피를 흘리는 그의 모습이 눈에 들어왔다. 상처를 재생할 수는 없는 듯 비틀거리며 다시 검을 잡았다.

그는 신중하게 검을 잡았다. 일렁거리는 하얀 빛이 내 어둠과 맞서고 있다.

내 손이 떨리는 것이 보였다. 힘에 밀려서 그런 것은 아니다. 내 몸이 저자를 죽이는 것을 거부하고 있는 것 같았다.

나는 고개를 저으며 마음을 다잡았다.

사토의 검으로 사토를 죽인 저자를 벤다.

암흑에 의해 침식된 질풍검에서 강한 공명이 울렸다. 나는 자세를 낮추고 암흑 마기를 폭발시켰다.

콰아—

암흑의 기둥이 하늘로 솟구쳤다.

"하압!"

그가 기합을 내지르며 먼저 나에게 뛰어들었다. 그의 검이 내 가슴에 닿기 직전,

서걱—

순식간에 검을 쳐 올려 그의 검을 베었다. 허무하게 휘날리는 빛의 검이 바닥에 떨어졌다.

촤아아!

빠르게 검을 아래로 내리그었다. 투구와 가슴갑옷을 가르며 육체를 갈랐다. 피가 솟구쳐 올랐다.

나는 그것에 그치지 않고 가슴에 질풍검을 찔러 넣었다. 심장을 완벽하게 박살 내고 그의 몸을 관통했다.

쨍그랑―

그의 투구가 부서졌다. 그와 함께 질풍검도 오랜 침식을 이기지 못하고 부서져 내렸다.

"난……."

그의 검은 머리가 내 눈에 들어왔다. 곱상하게 생긴 얼굴에는 희미한 미소가 감돌고 있었다.

"이 순간을 위해서……."

피 묻은 떨리는 손이 내 뺨에 닿았다. 왜인지 나는 그 손길을 거부할 수 없었다. 눈물을 흘리는 그의 눈동자 때문인지는 몰라도 내 심장이 강하게 요동쳤다.

"나는 당신을 위해서… 아버지."

순간 그의 육체가 부서져 내렸다. 내 눈을 잠시나마 멀게 할 정도로 강하게 터져 나간 빛이 내 몸에 빨려들어 갔다.

"큭, 으, 으윽!"

거친 호흡이 성대를 찢으며 입 밖으로 튀어나왔다. 밀려오는 두통이 내 몸을 비틀거리게 만들었다.

어떤 기억들이 밀려오는 것을 느꼈다. 푸른 하늘 밑에 찬란한 제국의 수도, 그리고 미소 짓는 사람들과 나를 찬양하는 사람들.

환희로 가득 찬 귀족들의 고운 자태.

그것들이 한꺼번에 스쳐 지나갔다.

"나는 도대체……."

심장에 자리 잡은 빛의 각인이 내 고통을 옅게 만들어주고 있었다. 암흑이 끊임없이 나를 나락으로 끌어내리려고 했지만 미세한 빛이 그것을 막아주고 있다.

머리가 맑아진 느낌이다.

내가 여태까지 해온 일들이 떠올랐다. 그리고 한순간에 모든 무게가 느껴졌다.

내가 벌인 일들, 내가 죽인 생명들.

숨이 턱 막혀왔다.

"나는 누구지?"

수도 중앙에 있는 거대한 탑이 보였다. 어떤 소리가 내 가슴을 울렸다.

'우리는 실패했다.'

분명 누군가가 그렇게 말했다. 그 말이 떠오르자 가슴이 너무나도 아파왔다.

내 주위에 펼쳐져 있는 것은 처참한 파괴의 잔해뿐이다. 새삼스럽게 그것이 나를 괴롭혔다.

너무나도 괴로워서 모든 것을 버리고 도망가고 싶을 정도였다.

나는 내가 오랜 기간 어둠에 오염되어 있었음을 깨달았다. 지금도 완전하게 제정신을 되찾은 것은 아니다. 고개를 쳐드는 악의가 나를 괴롭혔다.

"황제……."

그자를 찾아야 한다. 그자라면 모든 것을 알고 있을 것이다. 황제에게 모든 것을 들어야 한다.

내가 누구인지, 무엇이 진실인지…….

"거기 있는 것이냐."

수도 중앙에 있는 거대한 백색의 탑이 보인다. 그곳으로 빛과 어둠의 흐름이 빨려들어 가고 있었다. 저곳이 바로 모든 근원의 중심이다.

황제는 분명 저곳에 있을 것이다.

"사토……."

사토의 복수는 했다. 나를 아버지라 부르며 죽어간 그의 얼굴이 떠올랐다.

나는 과연 옳은 일을 한 것인가?

수많은 의문이 머릿속을 휘감았다. 바다 깊은 곳에 내려가 있던 생각들이 이제야 표면 위로 떠오른 것 같았다. 분명한 것은 암흑은 나를 파괴로 이끈다는 것이다.

나는 아무도 없는 도시를 걸어 백색의 탑으로 다가갔다. 빛과 어둠이 흐르는 장관도 내 눈에는 들어오지 않았다. 오직 의문만이 떠올라 아무것도 생각할 수 없게 만들었다.

나는 누구인가?

이 세계는 무엇인가?

나는 왜 존재하는가?

이런 근본적인 의문이 계속해서 떠올라 머리를 아프게 만들었다.

"황제를 만나면 모든 것을 알게 될 것이다."

그것만은 분명했다. 모든 사건의 중심에 있는 황제를 만나게 되면 모든 것을 알 수 있을 것이다. 지구를 떠나 수면 캡슐에서 잠든 것까지 기억하지만 그것조차 흔들려 확실하지 않은 것 같다.

혼란스러운 정신의 영향인지 마력이 잘 안정되지 않는다. 끊임없이 어둠과 대립하는 빛이 마력 운용을 곤란하게 만들고 있었다.

탑에 다가가면 다가갈수록 빛의 흐름으로부터 빠져나온 마력이 내 몸으로 빨려들어 왔다.

마력을 운용하는 것을 그만두고, 걸어서 백색의 탑 앞까지 당도했다. 매끄러운 표면에 문을 찾아볼 수 없었다. 손을 가져다가 대자 빛이 터지더니 벽이 갈라지며 문이 생겼다.

망설일 것도 없이 안으로 들어갔다.

"이곳은?"

화려한 장식들이 달려 있는 홀이 보였다. 보석들로 치장되어 있는 이 홀은 그야말로 화려함의 극치였다. 지금이라도 파티를 열어도 될 정도로 깔끔하게 정리되어 있었다.

홀 안을 지나 계단으로 올랐다.

고개를 들어 위를 보니 끝없이 이어져 있는 계단이 보였다. 나는 단숨에 도약해서 빠르게 위로 올라가기 시작했다.

어느 정도 위로 올라가자 현대적인 시설들이 보였다. 무슨 용도인지는 알 수 없었지만 자리를 가득 메운 기계와 전선, 어지럽혀져 있는 각종 서류.

도저히 이곳의 용도를 알 수 없었다. 궁전 같기도 하고 실험실 같기도 한 이곳은 도대체 무엇이란 말인가?

드디어 최상층까지 도달했다. 아무런 방해도 없어 순식간에 도달할 수 있었다.

눈앞에 황금색 문이 보였다.

손잡이를 잡자 너무나도 쉽게 문이 열렸다. 안은 어두웠다. 아무것도 보이지 않았다. 안으로 들어서자 문이 저절로 닫혔다.

그러더니 문이 흔적도 없이 사라졌다.

마력이 동결된 느낌이다. 마력 그 자체를 느낄 수 없었다.

"무슨?"

갑자기 환한 빛이 터졌다. 찡그린 인상을 풀고 주위를 살펴보자 아무것도 없는 백색의 공간이 무한에 가까이 펼쳐져 있었다.

이곳은 그저 하얀 공간이었다.

그 어떤 것도 느낄 수 없는 공간. 이 공간이 나에게 불안감을 심어주었다.

"여긴 어디지?"

그 어떤 것도 찾을 수 없던 공간이 갑작스럽게 일그러지더니 푸른 꽃이 만발한 초원으로 바뀌었다. 시원한 호수가 눈앞에 펼쳐지고 거대한 나무 밑에 아름다운 테이블과 의자가 생겼다.

아름다운 풍경에 시선을 빼앗길 수밖에 없었다.

뚜벅— 뚜벅—

발걸음 소리가 들렸다.

나는 재빨리 그곳으로 고개를 돌렸다. 나에게 다가오는 것은 어떤 사내였다.

나의 눈이 커졌다. 내 눈에는 오직 그만이 비치고 있었다. 경악을 금치 못하고 계속해서 그를 바라보았다.

“너는…….”

내 얼굴과 똑같은, 아니, 모든 것이 똑같은 사내가 나에게 걸어오고 있었다.

나는 망치로 때려 맞은 것처럼 머리가 아파왔다.

도대체 누구지? 어째서 내 모습과 똑같은 모습을 하고 있는 건가?

“혼란스러운가?”

그가 물었다. 목소리마저 나와 똑같았다. 저 목소리가 나를 혼란의 극으로 몰아가고 있었다.

“너는 누구지?”

“일단 앉지.”

나는 그의 목소리를 무시하며 그의 멱살을 잡기 위해 손을 뻗었지만 아무것도 잡을 수 없었다. 마치 허상처럼 그냥 통과해 버렸기 때문이다.

"나는 홀로그램이다. 그 존재가 모두 가짜인 그런 허상이지."

"웃기지 마."

나는 그를 노려보았다.

"나는 허상을 죽이기 위해 이곳에 있는 것이 아니다!"

나는 허상을 찾기 위해 이곳에 온 것이 아니다.

"제국의 황제를 죽이기 위해, 진실을 알기 위해 이곳에 왔지. 나는 잘 알고 있어."

그는 태연하게 의자에 앉았다.

"앉게. 이야기가 좀 길어질지도 몰라."

나는 그를 노려보며 자리에 앉았다.

"참으로 아름다운 광경이다. 내가 바랐고 모든 인류가 바랐던 광경이 바로 이것이 아닐까? 하지만 우린 실패했네."

"무슨 뜻이지?"

그의 시선이 나를 향했다.

"나는 자네가 떠나기 전 만들어낸 자네의 기억이야. 기억을 분리시켜 허상에 심은 것이지."

"나의 허상?"

"그래. 단지 자네 기억의 파편일 뿐이다. 이곳에 온 것도, 자네가 한 모든 일도 다 자네가 계획한 일이지."

무슨 말인지 그 어느 것도 이해가 되지 않았다.

'기억의 파편? 나의 계획?'

나는 그 자리에 우두커니 서서 그를 바라볼 수밖에 없었다.

"자네가 이 제국의 황제라는 말일세. 수백 년 동안 가장 높은 자리에서 세상을 위해 헌신했어."

"내가 황제라고?"

그는 고개를 끄덕였다.

내 몸이 굳고 말았다. 그는 내가 이 제국의 황제라고 말하고 있다. 다른 사람도 아닌 바로 내가!

"자네는 황제, 아니, 이 세계에서 가장 높은 자이네."

그가 손을 뻗자 풍경은 순식간에 지워지고 거대한 행성 하나가 모습을 드러냈다. 그것이 무엇인지 나는 알 수 있었다. 내가 서 있는 바로 이곳이 바로 저 행성이었다.

행성을 휘감는 빛과 어둠의 흐름이 보였다.

"이야기는 해줄 필요 없겠지. 나는 자네의 기억이니, 자네가 취하면 될 터."

그의 몸이 부서져 내렸다. 그리고 그 자리에 흰색 구체가 떠올랐다.

그것을 잡기가 망설여졌다. 내가 원했던 진실이 바로 저기에 있다. 하지만 그것을 잡게 된다면 돌아올 수 없는 곳에 가버릴 것 같았다.

"사라……."

어째서 그녀의 얼굴이 떠오를까? 검룡의 아내가 된 그녀의 웃는 얼굴이 떠오르자 마음이 차분하게 가라앉았다.

"내 기억……."

나는 과감하게 손을 뻗어 그 흰색 구슬을 잡았다. 그러자 섬광이 튀며 주변이모두 무너져 내려갔다. 시야가 뒤죽박죽으로 흔들린다.

하지만 고통은 없다. 원래 자리를 찾아가는 것 같은 그런 느낌이 들었다.

머릿속이 하얗게 터져 나갔다.

순간 시야가 점멸된다.

Chapter 02
천지 창조

지구가 멸망했다.

많은 인간들이 그 자리에서 죽었다.

멸망하는 지구를 내 두 눈으로 담았다. 그것밖에 할 수 없었다. 모두를 살리는 것은 불가능하다는 것을 알고 있었기 때문이다.

지구의 멸망.

그것은 예견되어 있던 결과다. 그렇기에 냉정할 수 있다. 많은 것을 버리고 모든 것을 잃어가며 나는 인류의 유지를 위해 이 우주선에 탑승했다.

우리는 지구상에서 가장 우수하다고 판정되는 유전자를 지닌 14만 4천 명을 선출했다. 인류를 보존하기 위해 뽑힌 14만 4천 명은 미지의 행성에 그 뿌리를 내리는 것이 목표였다.

나는 자신이 있었다. 그것은 자만이 아니었다.

우리는 뛰어난 과학을 지니고 있었다.

예전에 배에 의지해 바다를 건넜던 모험가들이 그랬듯이 우리 역시 이 광활한 우주를 건너 새로운 곳을 발견할 것이라 믿어 의심치 않았다.

하지만 그것은 천 년도 더 전의 이야기다.

"우리에게는 허락되지 않았어."

그것은 운명과도 같았다.

알 수 없는 무언가에 의해 기체에 큰 손상을 입은 채 어디론가 내동댕이쳐졌다. 어떤 변수에 의해서 항로가 틀어졌는지 이해조차 되지 않았다. 이곳이 어디인지도 알 수 없었다.

아무것도 없는 광활한 공간.

별빛조차 아득히 먼 곳에서 비치는 우리가 전혀 예상치 못한 미지의 영역이었다.

반복되는 수면에서도 우리는 이 광활한 우주 공간을 해맬 뿐이다. 그 어디에서도 희망을 찾을 수 없었다. 이곳이 어디인지조차 모르는데 빠져나간들 무슨 소용이 있겠는가? 그전에 무한에 가까운 이 공간을 빠져나갈 수조차 없었다.

지옥이 있다면 바로 이곳일 것이다. 우리는 희망의 배를 타고 지옥으로 들어왔다.

좌절, 절망, 그것의 연속이었다.

"희망은 없어."

얼마의 시간이 지났을까?

우리는 고립되었다는 절망적인 사실을 받아들일 수밖에 없었다. 이곳은 그야말로 아무것도 없는 허무의 공간.

이제는 빛도, 그 어떤 에너지도 찾아볼 수 없었다. 우리는 바다 한가운데 띄워진 종이배에 지나지 않았다. 금방이라도 가라앉아 버릴 것 같았다.

나는 인간을 포기했다.

노쇠해 문드러진 신체를 기계로 교체하며 이 기나긴 세월을 버텼다. 수면 장치에 들어간 14만 4천 명도 이 우주선의 수명이 다해감으로써 천천히 죽어갔다.

"실패한 것인가?"

하얀 가운을 입은 노인이 절망적인 어조로 그렇게 말했다. 그러자 주위에 있던 노인들도 한숨을 쉬며 고개를 끄덕였다.

"인류는 끝인가?"

그들은 나와 같이 이 계획을 주도하는 과학자들이었다. 인간을 포기하면서까지 긴 세월을 버텼지만 우리는 희망을 찾아낼 수 없었다. 14만 4천의 목숨이 허무하게 날아갈 판국이다.

"우리는 노력했다. 그렇지만……."

우리는 계속해서 과학 기술을 축적해 왔다. 우리가 할 수 있는 일은 그것뿐이었다.

이 지옥을 빠져나갈 수 있게 연구하고 또 연구했다.

뇌마저 기계로 대처한 우리는 이미 인간을 초월한 지능을 지니고 있었다. 오랜 세월, 인간으로서는 상상조차 할 수 없는 그 세월을 모든 가능성을 연구하며 버텼다.

"아니, 실패하지 않았어."

"무슨 말인가?"

"우리는 아직 시도하지 않은 것이 있지 않은가?"

그것은 결코 언급하지 말아야 할 계획.

침묵이 자리 잡았다. 그것은 확실히 말하자면 금기에 해당한 것이었다. 오랜 세월 동안 자체적으로 쌓아올린 과학으로 실행할 수 있는 금기의 영역.

인간으로서는 허락되지 않는 영역이었다.

"이대로 죽을 작정인가?"

"어쩌면 이대로 멸망하는 것이 섭리일지도 모르네."

"그것을 막는 것이 우리가 해야 할 일이다."

"하지만……."

"우리가 왜 이토록 노력하였는가!"

소란스러워졌다.

"그만."

내가 그렇게 말하자 모두의 시선이 나에게로 모아졌다.

나는 결정해야 한다. 지금까지 이들을 이끈 리더로서 모든 책임을 지고 결정을 해야 했다.

저들은 나의 판단을 전적으로 따르고 있다. 오랜 세월 동안 같이 연구하고 과학을 발전시킨 이 과학자 집단의 우두머리는 바로 나였다.

"이대로 멸망하는가, 아니면 수단과 방법을 가리지 않고 인간을 유지시키는가?"

내 말이 울려 퍼지자 신음성이 사방에서 들려왔다.

"우리의 과학력은 확실히 그 영역에 닿아 있다. 시도해 볼 만한 가치가 있지 않겠나? 우리가 해온 노력, 대가는 그걸로 충분할 것 같다. 신께서도 우리를 이해해 주겠지."

내 말에 수긍하는 분위기가 형성되었다.

"우리는 인간을 포기한 지 오래."

"그 어떤 짓이라도 해서 우리를 유지해 나가야 한다."

"인간의 유지를 담아."

"세계를 창조한다."

나는 고개를 끄덕였다.

나의 판단이 내려졌다. 나지막한 신음성을 끝으로 그 어떤 목소리도 들려오지 않았다.

신이시여, 우리를 용서하소서.

우리를 구원해 주소서.

축적된 지식과 과학으로 이 아무것도 없는 우주 공간의 항해를 버리고 인간의 유지를 위해 세계를 창조한다.

이 공간을 최대한 이용하여 이상향을 창조하는 것이다.

"그래, 운명이다."

어쩌면 이것을 위해 우리는 이곳에 존재하는지도 몰랐다.

모두가 행복할 이상향의 창조.

우리의 소망은 비틀어져 있다는 것을 나는 느낄 수 있었다. 하지만 멈추지 않았다. 그러기에는 우리의 상황은 너무나도 급박했다.

과감해져야 했다. 어차피 14만 4천 명의 수명도 얼마 남지 않았다.

나는 내 손으로 저들을 재료로 삼았다. 우리가 쓸 수 있는 모든 재료를 써야 했다.

우리는 14만 4천 명의 정신과 육신을 분해해서 새로운 공간을 창조했다. 그것은 가상의 세계, 하지만 인간의 모든 것이 담겨져 있는 희망의 세계였다.

하지만 이것이 과연 인간을 유지시키는 일인가? 그런 의문이 계속 들었지만 우리는 결코 멈출 수 없었다. 그러기에는 우리가 희생시킨 14만 4천의 목숨이 너무나도 가여웠다. 마음속으로 내가 옳다고 몇 번이고 외쳤다.

우주선의 부피를 최소화시키고 오랜 시간을 버틸 수 있도록 개조해 나갔다.

나는 옳은 일을 하고 있는 것이다.

나는 옳다.

신세계 0년.

우리는 빈 공간에 가상의 공간을 띄우는 데 성공했다. 우리의 예상을 깨고 그 가상의 공간은 우주의 빈 공간에 너무나도 쉽게 안착되어 팽창했다.

우리는 기뻐했다. 계산했던 것보다 훨씬 나은 결과가 눈앞에 펼쳐졌기 때문이다.

우리는 가능성을 보았다.

"반드시 성공시킨다."

가상의 공간을 띄우는 데 너무나도 많은 에너지를 소비했다. 우주선은 이제 더 이상 아무 기능도 할 수 없을 정도였다.

예비 동력으로 전환해서 희망을 이어나갔다. 절망적인 상황에서도 우리는 기뻐했다.

저 안에 꿈틀거리는 에너지를 보아라. 그것은 14만 4천의 목숨이 만들어낸 기적의 에너지였다.

그것은 찬란하게 빛나는 축복이었다.

신세계 222년.

우리는 이 공간을 우리의 제어에 두기 위한 연구를 계속해 나갔다. 그리고 성과가 있었다.오랜 연구 끝에 접속 권한을 저 찬란한 공간에 밀어 넣을 수 있었다.

"이 세계는 우리의 모든 것이야."

"비로소 우리도 안식을 취할 수 있게 되었네."

과학자들은 지쳐 있었다.

지구를 떠나온 지 얼마나 많은 시간이 흘렀는가? 짐작조차 되지 않는다. 일 년이 백 년이 되고, 백 년이 천 년, 그리고 수만 년이 되었다.

인간의 정신으로는 이 오랜 세월을 버티기 힘들었을 것이다. 아무리 고도의 지식을 담고 있는 과학자라도 더 이상 정신을 유지하는 것이 어려워 보였다.

"편히 쉬시게, 형제여."

나는 그렇게 그들의 마지막을 축복해 주었다. 이 중에서 제일 정상인 것은 바로 나였다. 그리고 제일 비정상인 것도 나였다.

나는 이미 반쯤은 미쳐 있기 때문에 정신을 유지할 수 있는 것인지도 모른다.

"우리의 선구자여, 그대에게 모든 것을 맡기네."

그들은 우리가 창조한 세계에서의 안식을 원했다. 그리고 다시 태어나길 희망했다.

모든 것을 잊고 평화로운 세계를 맛보길 원했다.

"오랜 세월이었어."

"모든 것을 잊고 새롭게 출발할 수 있게 되었어."

하나둘씩 육신을 버리고 창조된 세계에 들어갔다. 아직은 에너지만 존재하는 이 공간을 향해 모든 것을 맡기고 그렇게 사라진 것이다.

　신세계 540년.
　접속 권한을 얻은 후 에너지를 활용하여 창조할 수 있는 방법을 계속해서 연구했다.
　그리고 그 윤곽이 잡혔다.
　모든 에너지를 활용할 수 있는 창조의 열쇠.
　나는 그것을 마스터 코드라 이름 붙였다.
　"참으로 기구한 운명이군."
　최초로 남은 것은 아직도 회의론을 품고 있는 다른 과학자였다. 그는 스스로의 이름을 버리고 자신을 제로라 칭했다.
　그는 줄곧 이대로 멸망하는 것이 옳다고 말하던 자다. 우리가 하는 행위는 인간으로서 해서는 안 되는 행위라 말하곤 했다.
　나는 멈출 수 없었다.
　그가 나에게 해준 말들은 나에게 큰 자극이 되었다. 내가 제정신을 유지할 수 있었던 것은 제로 덕분인지도 모른다.
　"나는 성공할 것이다."
　성공할 수 있다. 지금은 비록 에너지뿐인 공간이지만 나라면, 나의 지식이라면 충분히 우리가 살던 지구보다 더욱 행복한 공간을 만들 수 있다.

우리는 희망을 잃었지만 다시 희망을 찾았다. 그리고 과학으로 행복을 만들 수 있다는 것을 알았다. 어쩌면 이것은 운명인지도 모른다.

이것은 내가 해야 할 숙명이다.

"그렇게 만들어진 행복이 무슨 의미가 있는가?"

"만들어진 행복일지라도 우리는 유지되어야 한다."

나는 그의 질문에 그렇게 답하곤 했다. 그는 고개를 저으면서도 힘을 빌려주었다. 그의 정신은 나와 마찬가지로 오랜 세월 동안 중심을 잃지 않을 만큼 강대했다.

"인간은 신이 될 수 없어."

"알고 있다. 이 우주가 얼마나 완벽한지. 하지만 비슷한 것이라도 만들 수 있지 않을까? 노력한다면 닿을 수 있다. 분명."

나는 많은 실패 속에서도 끈질기게 버텨냈다.

우주의 빈 공간 위에 새로운 가상의 공간으로 만든다는 것은 과학 기술의 정점이라고 해도 과언이 아니었다.

우주의 안으로 쏘아올린 가상의 공간에 심혈을 기울여 창조에 힘썼다.

신세계 1003년.

그렇게 시간이 얼마나 지났는지 계산조차 되지 않는다. 분명한 것은 기계로 된 내 몸조차 한계를 느낄 만큼 오래되었겠지.

나는 마스터 코드를 완전히 세계에 융화시킬 수 있었다. 그렇게 해서 에너지를 활용해서 세계에 생명을 불어넣을 수 있는 창조를 시작할 수 있었다.

최초에 만든 것은 거대한 태양이었다.

"보아라. 빛이 있도다."

"겨우 어둠을 밝혔을 뿐이다."

나는 기뻤다.

드디어 무수한 세월을 뚫고 미세하긴 하지만 성과가 있는 것이다. 그저 에너지만 떠다니는 빈 공간에 빛을 퍼뜨려 새로운 시작이 도래했음을 알렸다.

어쩌면 완벽한 세계를 만들 수 있을지 모른다. 영원불멸하고 모두가 행복한 그런 세계를 말이다.

나는 우리가 바라던 이상향을 만들 것이다. 바로 이 빛이 출발점이다.

"지쳐 보이는군."

그가 말했다.

나는 고개를 저으며 부정했다. 지치지 않았다. 오히려 이 몸은 환희로 일렁거리고 있다.

보아라! 저 빛이 얼마나 거룩한지.

그 뒤는 모두 순조롭게 풀려갔다.

나는 차근차근 하나둘씩 공간을 채워갔다. 어두운 공간을 빛으로 물들였다. 찬란하게 빛나는 별들은 사진으로만 보았던 옛 지구의 밤하늘과 무척이나 닮아 있었다.

　　신세계 1093년.

　　인류가 머무를 공간을 심혈을 기울여 만들기 시작했다. 지구를 본떠 만들었지만 그 크기는 약 두 배 가까이 크게 만들었다.

　　나는 에너지의 활용이 자유롭지 않음을 깨달았다. 그것은 내가 있는 이 우주선과 저 공간의 링크가 불안정하였기에 더더욱 그랬다.

　　"우리를 보조해 주며 무한한 지식을 담을 공간이 필요하다. 모든 것을 기록할 곳, 그리고 스스로 유지해 나가며 축적되어 갈 수 있는 그런 곳."

　　나를 보조해 줄 연산장치를 창조된 세계에 만들었다.

　　"두 개의 달."

　　나는 또 하나의 달을 만들었다.

　　그 달에 이 세계의 모든 정보와 내 지식을 쏟아부었다. 달은 효과적으로 그것을 조합해 최상의 결과물을 나에게 바로 알려주었다.

　　창조 계획에 가속도가 붙었다.

　　이로써 원활하게 세상을 창조해 나가는 작업을 계속할 수 있었다. 달은 세계에서 발생한 모든 정보를 조율하고 축적하는 지식의 창고이기도 했다.

나는 가장 최적의 환경을 만들어내었다. 언젠가 내가 꿈꾸던 그런 풍경들을 하나하나씩 그려갔다. 기름진 대지를 만들고, 바다를 만들고, 풍족한 물을 부여했다.

모든 것에 흐름을 만들었으며 순환하여 순리대로 돌고 계절을 만들었다.

나는 동식물들을 만들어 행성에 풀었다. 과실은 넘쳐 났으며 결코 부족하지 않았다.

"낙원이다."

이곳은 내가 만든 낙원이었다.

신세계 1405년.

생명이 번창하는 것을 지켜보며 또다시 오랜 세월이 흘렀음을 알게 되었다.

드디어 인류의 유지를 받들어 이 창조된 세계에 인류의 씨앗을 뿌릴 차례였다.

적절한 때가 되었다고 생각했다.

나는 창조된 세계를 떠도는 에너지를 행성으로 모이게 했다. 행성에서 죽음으로써 빠져나간 에너지는 이 창조된 공간을 돌며 다시 행성으로 통하게 되었다.

"인간이여."

인간의 형상을 만들어 생명을 부여했다. 그것이 이 행성에서 이루어진 최초의 인류의 시작이었다.

늘 미소 짓지 않던 제로도 희미한 미소를 지어주었다.

"인간이다. 우리는 유지되고 있다. 더 이상의 절망은 존재하지 않는다."

"그래, 보았다."

새로운 인류의 탄생은 나에게 큰 의미를 주는 일이었다.

신세계 4403년.

인류는 착실히 번영해 나갔다. 그들은 과거의 멸망을 딛고 새로운 공간에서 인생을 시작하고 있는 것이다. 비틀어졌긴 했지만 최초의 목적을 이루어냈다.

나는 임무를 완수했다.

짧은 세월이 지나자 행성을 지배하는 것은 인간들이었다. 하지만 이변이 생긴 것도 그때부터였다.

"애초부터 불안정한 세계였다."

그의 말 그대로였다. 인간은 이 불안정한 세계의 바이러스 같은 존재였다.

웃기지 않는가? 인간을 위해 만든 공간이 인간에 의해 흔들렸다.

인간의 의지력이 원인이었다.

인간은 늘 생각하고 감정을 표출한다. 창조된 공간에 광범위하게 차 있는 에너지가 그것에 영향을 받는 것이다.

태양을 만들 때, 행성을 만들 때, 그리고 인간들을 만들 때 썼던 그 순수한 에너지는 너무나도 쉽게 의지에 영향을 받아 변질되었다.

나는 그 에너지를 마나라 불렀다.

인간들이 내뿜는 의지가 세계를 뒤틀 정도가 되었다. 의지력이 빈 공간을 가득 채운 마나에 영향을 주었고, 그것은 세계에 영향을 미쳤다.

"인간은 이런 존재란 말인가?"

인간이 내뿜는 악의가 세계를 오염시켜 갔다. 바라만 보아도 끔찍했다. 악의는 뭉쳐 거대한 괴물이 되었다.

대륙 곳곳에 기이한 괴물들이 생겨났고, 인간들을 위협했다. 인간들이 내뿜는 선의가 간신히 세계를 유지해 주고 있었다.

나는 세계에 퍼져 나가는 선과 악을 줄기로 묶어 행성에 최대한 영향이 덜 가게 만들었다. 그것은 행성 밖을 휘감는 빛과 어둠의 줄기가 되어 인간들에게 신비한 힘을 가져다주었다.

생명의 탄생, 축복, 그리고 기적.

생명의 파괴, 저주 그리고 절망.

모두가 행복한 세계 따위는 존재하지 않았다. 서로가 서로를 죽이며 악의로 창조된 공간을 물들여 갔다.

이곳은 언제 멸망할지 모르는 세계였다.

"우리는 실패했네."

그렇다.

실패했다. 인간들은 창조된 세계마저 그 강렬한 악의로 파괴하고 있는 것이다.

"하지만… 빛 역시 존재한다."

세계가 아슬아슬하게 유지되어 가는 건 악의에 대항하는 선의가 있기 때문이다. 조그마한 빛이라도 몇 배나 되는 어둠을 밝힐 수가 있다. 그렇기에 세상은 불안하게 유지되어 가고 있는 것이다.

하지만 인간이 번영할수록 점차 균형은 깨져갔다. 세상이 풍족해질수록 악의는 더더욱 넘쳐 났다.

만족을 모르는 탐욕이 세계를 오염시키고 있는 것이다. 늘 싸우고 빼앗고, 그리고 서로를 죽였다.

"결국 멸망하는 것인가?"

"아니, 그렇게 놔두지는 않겠다."

"하지만 이대로는 멸망할 것이다. 우리는 너무 많은 세월을 달려왔어. 더 이상은 무리일세."

그는 지쳤다. 나 역시 그러했다. 우리는 한동안 아무 말도 할 수 없었다.

"우리가 저들을 이끌자."

"충분히 이끌지 않았나?"

"아니, 우리는 그저 던져 준 것일 뿐이었다. 만들어준 것일 뿐이다.”

내 말에 그는 아무 말도 하지 않았다. 우리는 그렇게 한동안 서로를 보고 있었다.

“최선을 다한다면 분명……!”

내 말에 그는 고개를 저었다. 그는 결국 모든 것을 내려놓았다.

“나는 지쳤네. 자네에게 모든 것을 맡겨보도록 하지. 우리의 길에는 구원이 없을 것이네. 하지만 모든 것을 잊는다면… 조금은 행복해질 수 있겠지.”

그는 스스로 창조된 세계에 걸어갔다. 그리고 사라져 갔다. 나는 혼자가 되었다. 그는 이 모든 책임을 나에게 돌리고 그렇게 사라졌다.

나는 한동안 아무 생각 없이 창조된 세계를 바라보았다.

신세계 4444년.

나는 고독 속에서 결정할 수밖에 없었다.

더 이상 주어진 시간은 존재하지 않는다. 우주선 역시 이제는 한계에 도달했다.

이제는 선택할 수밖에 없다.

빈 우주 공간에 있는 창조된 세계에 나를 집어넣었다.

강림 0년.

　나는 절대적인 힘을 가지고 창조된 세계에 들어왔다. 다른 과학자들과는 달리 스스로를 포기하지 않았다. 나에게는 이 세계를 유지해야 하는 사명이 있다.

　내 몸에 새겨진 마스터 코드는 나에게 이 공간에 펼쳐진 에너지를 활용할 수 있는 권리를 부여해 주었다.

　지식의 창고와 연결되어 세계에서 일어나는 모든 일과 지식을 알 수 있었다.

　이 세계에 들어와 인간을 처음 보았을 때의 그 감동은 이루 말할 수 없었다. 내가 만든 이 찬란한 행성에서 살아가는 인간의 모습은 언젠가 지구에서도 있었을 그런 모습일 것이다.

　하지만 달은 계속 나에게 어두운 정보를 건네주었다.

　"서로를 죽이고 재물을 탐할 뿐인가?"

　인간은 무엇을 위해 사는가?

　그동안 인간이 가장 많이 벌인 일은 바로 전쟁이었다.

　인간의 역사는 전쟁이다.

　나는 실망했지만 절망하지는 않았다. 이런 인간들이라도 힘껏 이 세계를 살아가게 해야 한다.

　"어둠을 몰아내자."

　가장 중요한 것은 균형을 깨뜨리는 어둠을 몰아내는 것이었다. 인간이 일삼는 탐욕은 지금 세계를 무너뜨리고 있었다.

　강림 2년.

나는 나 스스로 빛의 흐름에 접속해서 그것을 받아들였다. 내 정신력은 충분히 강대했지만 빛을 받아들이자 그 용량의 여유가 없어지는 느낌이 들었다.

"바로잡을 것이다."

나는 행성에 도달했다. 찬란한 육지를 바라보고 보석처럼 빛나는 바다를 바라보았다.

아름다웠다.

언젠가 기억조차 나지 않는 그런 풍경이었다. 정보로만 접한 그런 풍경이기도 했다.

이 아름다운 세계를 나는 더더욱 포기할 수 없었다. 이곳은 지킬 가치가 충분한 세계다. 이대로 멸망할 수는 없다.

그렇기에 노력했다.

인간들을 옳은 길로 인도하려 애썼다. 사랑과 정의를 가르치고 악을 멀리하라 그렇게 말해주었다.

인간들은 나를 빛의 신이라 불렀다.

나는 사명감을 가지고 인간들을 이끌었다. 내가 바라는 건 단지 평화일 뿐이다.

세계 곳곳에 출몰하는 괴물들. 인간이 오염시킨 세계에서 인간 스스로가 낳은 괴물들을 모조리 정리해 나갔다. 인간으로서는 상상할 수 없는 힘을 발휘하는 괴물들도 있었다. 그것은 다 인간이 만들어낸 의지력의 산물이었다.

나로서도 감당하기 힘들었던 어둠이 존재했다.

나는 인간의 악의가 총집합된 어둠의 흐름을 없애고 싶었다. 내가 가진 빛으로 그것을 없앤 적도 있었다. 하지만 세월이 지나면 다시금 출몰하는 것이 바로 어둠이었다.

인간들은 나를 어둠을 몰아낸 빛의 신이라 부르고 있지만 실질적으로 어둠을 몰아내지는 못했다. 그것은 인간 스스로가 만들어낸 것이기 때문에 인간이 없어지지 않는 이상 다시 생겨나는 것이다.

오히려 어둠이 빛을 압도하기 시작했다. 내가 가진 힘도 날이 갈수록 약해졌다. 지금에 이르러서는 간신히 버티는 것이 전부였다.

어떤 인간의 세력은 어둠에 물들어 빛에 대항해 왔다. 자신들 스스로 어둠의 자식이라 칭했다.

그것이 가장 나를 가슴 아프게 만들었다.

우리는 빛을 발할 수 있는 존재가 아니었던가?

강림 101년.

"나는 이런 세계를 바라지 않았다."

최초에는 절망이었다. 그리고 후회였다. 차라리 세계를 창조하지 않고 죽음을 택했더라면 안식을 취할 수 있었을지도 모른다.

제로의 말이 맞을지도 모른다. 우리가 살던 우주와 같은 완벽한 공간을 만든다는 것은 인간으로서는 불가능했다.

“세계를 유지해야 한다.”

그것이 어떤 방법으로든 말이다.

책임감이 온몸을 짓눌러 왔다.

나는 결국 한 가지 결론에 도달했다. 어둠이 강하다면 약하게 만들면 된다.

나는 대륙에 가장 영향력을 끼치는 강대한 나라를 세우기로 했다.

빛을 숭상하게 만든다면 어둠을 이겨낼 수 있지 않을까? 나는 나의 이름으로 사람들을 불러 모아 빛을 숭상하는 거대한 제국을 만들었다.

나는 그 이름을 신성제국이라 불렀다.

율법을 만들고 인간으로서 지켜야 할 것들을 가르쳤다. 서로를 사랑하라 일러주었다.

철저하게 통제된 생활 속에서 사람들은 악의를 내뿜지 않고 잘 생활하는 듯했다. 하지만 그것도 오래가지 않았다.

반란이 일어났다. 자유를 갈망하며 찬란했던 신성의 제국을 불태워 버렸다. 내부에서도 뜻이 맞지 않아 분열되고 나의 뜻에도 그들은 따르지 않았다.

“자유가 없는 삶보다는 죽음을 택하겠다!”

누군가 그렇게 말하며 신성제국을 무너뜨렸다.

분노가 치밀어 올랐다.

“나는 너희에게 일찍이 자유를 주지 않았는가? 자유로운 너희가 무엇을 행하였는지 보아라. 서로를 죽이고 탐할 뿐이다."

"그것은 우리의 권리다!"

무엇이 권리란 말인가.

너희는 아무것도 모른다. 멸망으로 치닫고 있는 이 세계는 모두 너희의 탓이다.

나는 무너지는 신성제국을 보며 슬퍼할 수밖에 없었다.

강림 670년, 신성제국은 멸망했다.

확실히 알게 되었다.

인간은 빛보다는 어둠을 바라고 있었다. 선의보다는 악의를, 선한 일보다는 악한 일을 더욱 행하였다.

그것이 더욱 쉽고 간편하며 많은 쾌감을 주기 때문이다.

세계의 균형이 깨진 지 오래였다.

"우리는 실패했다."

나는 그렇게 말할 수밖에 없었다. 무너져 가는 세계를 두 눈으로 지켜볼 수밖에 없는 것이다. 나는 고민하고 또 고민했다.

마지막 결론이 내려졌다.

어둠을 줄일 수 없다면 그 근본을 해결하면 된다. 인간의 숫자를 줄이면 된다. 그렇게 된다면 자연스럽게 악의의 용량은 적어질 것이고, 내 빛으로 그것을 감당할 수 있게 될 것이다.

　처음에는 역병을 일으켰다. 수억에 이르는 자들이 감염되어 죽어갔다.

　인간들이 세운 거대한 국가들 사이를 음해해 전쟁을 일으켰다. 그것이 여의치 않으면 내 손으로 인간들을 쓸어버렸다.

　거대한 운석으로 한 번에 거대한 대륙을 쑥대밭으로 만든 적도 있다.

　나는 무엇을 하고 있는 건가?

　그렇게라도 세계를 유지해 나가야 했다.

　몇 번의 파괴였던가?

　인간들은 나에게 대항했다. 나를 몰아내려 힘을 모았다.

　그들은 나를 어둠의 신이라 칭하며 빛의 신에게 간절한 기도를 했다.

　"너희는 아무것도 모른다."

　나는 등을 돌릴 수밖에 없었다. 인간들을 쓸어버리고 나는 한동안 휴식기를 가졌다.

　그리고 그들 모두가 나를 잊을 때까지, 기록 속에만 남을 때까지, 어둠이 다시 강대해질 때까지 이어진 긴 휴식이었다.

　인간은 또다시 번창해 갔다.

　강림 4104년.

　인간이 포화상태에 이르러 그 의지력이 오염시킨 어둠이

절정에 달하고 있음을 느낄 수 있었다.

나는 대제국을 만들고 거대한 전쟁을 일으켜 적절한 인구를 유지했다.

때로는 수십억에 이르던 인구를 수백 가까이까지 줄인 적도 있다. 어둠이 가장 약했던 때가 바로 그때다. 내가 가진 빛으로도 충분히 세상을 밝힐 수 있을 정도였다.

결국에는 이런 것이다.

나는 세계 최대의 학살자가 되었다. 인간을 위한 세계인가? 아니, 난 단지 세계만을 겨우 유지시킬 뿐이었다.

"지쳤다."

오래전에 나는 이미 지쳐 있었는지도 모른다. 인정한다. 나는 제정신이 아니었다. 지금에 이르러서야 그것을 인정하고 말았다.

반쯤 미쳐 있었다.

오랜 세월이 지나며 내 정신은 점점 피폐해져 갔다. 대량 살인을 저지르는 일이 나에게는 너무나도 힘든 일이었다.

"어둠은 도대체 무엇일까?"

악의는 무엇인가? 어둠은 무엇이지?

그것을 알게 된다면 새로운 것을 발견할 수 있지 않을까? 끊임없이 고민하고 또 고민했다.

긴 시간이 지나는 동안 나는 고민했다.

그사이 어둠이 날로 커져 가는 것을 볼 수 있었다. 또다시 넘쳐 나는 인간들은 창조된 세계를 또다시 악의로 부수고 있는 것이다.

또다시 인간들의 숫자를 줄이면 될 일이다. 하지만 망설여졌다. 언제까지 같은 행위를 할 수는 없다.

어둠을 알게 된다면 저들을 구원할 수 있지 않을까?

강림 4606년.

정화의 때가 이르렀음을 본능적으로 깨달았다. 고민 끝에 내 몸에 직접 어둠을 접해보기로 했다.

어둠은 정신력에 영향을 끼칠 정도로 강대했다. 많은 것을 담고 있는 내 정신으로는, 한계에 이른 내 정신으로는 무리다.

"그렇다면 비우면 된다."

내가 가장 맑은 정신을 유지했던 때로 되돌린다. 그것은 지구를 떠나왔을 때의 정신 상태. 하지만 용량은 그때에 비해서 훨씬 거대할 것이다.

어둠 역시 그 크기를 줄이게 한다면 아슬아슬하지만 받아들일 수 있을 것이다.

나는 내 정신을 비우기 전에 세계를 유지하기 위해 인류를 줄이기 위한 계획 역시 세워놓았다.

나의 위치는 강대한 제국의 황제였다. 빛의 신의 현신이라 불리기도 했다.

나는 계획을 위한 강대한 존재들을 만들어냈다. 나는 그들의 이름을 인페르노라 불렀다.

나를 작전의 중심에 놓았다. 어둠을 효과적으로 다룰 수 있게 인페르노들을 투입시켜 모든 상황을 만들어냈다

최초로 내가 떨어질 사막에 어둠의 조각을 풀어놓았고, 그곳에 살고 있는 생물들을 오염시켰다.

적절한 때에 맞춰 성장할 수 있도록 여러 장치를 준비했다.

오랜 세월 살아와 지성이 생긴 전갈왕은 나에게 와 스스로 자신의 몸을 바쳤다. 그는 신성을 잃으며 어둠을 받아들여 나의 계획에 동참했다.

"나는 어둠이 될 것이다."

[그대는 어둠… 어둠.]

그 말을 끝으로 전갈왕은 타락했다. 가끔씩 정신을 차리긴 했지만 어둠에 취해 고통스러워하며 사막을 오염시켰다.

사막이 오염됨으로써 강력한 몬스터들이 생겨났다.

나는 지식의 창고에서 알려주는 어둠에 관한 모든 것을 연구해서 대륙 곳곳에 내가 어둠을 얻은 후에 활용할 수 있는 것들을 깔아놓았다.

내 충실한 수족 인페르노들이 내 행동을 잘 조절해 줄 것이다.

"아버지, 정녕 떠나시는 겁니까?"

인페르노의 수장, 나에게 빛을 받아 탄생한 사내가 나에게

그렇게 물었다.

나는 그에게 케이아스라는 이름을 주었다. 그는 나의 뜻을 가장 잘 아는 존재가 되었다. 그는 충실히 나의 뜻을 받들었다. 그의 마음은 선했고, 누구보다도 인간을 사랑했다.

"그렇다. 나는 이 세계를 유지해야 한다."

"그것이 당신께 고난의 길이 될 것입니다."

"이 세계를 만든 책임, 내가 져야 할 짐이다."

그는 묵묵히 고개를 숙였다.

"어둠은 감정적인 것에 영향을 받는다. 너와 내가 준비한 장치는 분명 기억을 잃은 상태의 나에게 큰 영향을 줄 것이다. 하지만 멈추어서는 안 된다."

처음부터 어둠의 흐름을 흡수해서는 안 된다. 아무리 내 정신이 강대하더라도 그 어둠에 적응할 수 있는 기간이 필요했기 때문이다.

그렇기에 내가 어둠을 능숙하게 다룰 수 있도록 적당한 시련을 주어야 했다.

그의 손에 들린 여자아이가 보였다. 저 아이의 몸속에 있는 것이 바로 내가 어둠에 침식당했을 때 내 정신을 유지시켜 줄 '작은 빛' 이었다.

내가 지닌 힘에 근간을 이루는 마스터 코드. 그것을 저 여자아이에게 주었다. 마스터 코드는 지금에 이르러서는 빛과 완전히 융화되어 떨어질 수 없는 관계가 되었다.

“이 아이의 이름은?”

“프린입니다. 빛의 신관의 자식입니다.”

“미안하다, 프린. 그 수많은 사람 중에서 네가 가장 순수한 아이였다. 마스터 코드를 받아들일 수 있는 아이는 너뿐이구나. 이 빛을 먹으러 많은 어둠이 모여들겠지.”

말하자면 봉인이었다. 당분간은 어둠이 이 빛을 직접적으로 손대지는 못할 것이다.

마스터 코드를 떼어냄으로써 빛을 잃은 나는 지식의 창고인 달의 접속 권한 등급이 낮아졌다. 나는 접속 권한을 최소로 낮추고 시스템창을 이용해 빠르게 성장할 수 있도록 했다.

마치 그것은 게임처럼 경험치를 쌓을수록 접근 권한이 풀리며 지식이 직접적으로 입력되어 성장하는 그런 방식이었다.

나는 아기를 바라보며 입을 떼었다.

“너의 그 생이 끝난다면, 가장 빛나는 존재로 태어나게 해 주겠다.”

나는 환하게 웃고 있는 아기에게 그렇게 말할 수밖에 없었다.

그의 얼굴이 어두워졌다.

이 아이가 태어났을 때 가장 축복해 주었던 것이 바로 그였다. 이 아이를 죽임으로써 나는 빛에 대한 통제권을 다시 얻을 수 있을 것이다. 그때 내 몸속에 들어온 어둠을 제어할 진정한 힘을 얻게 되겠지.

　세부적인 상황은 그에게 모두 맡기었다. 기억을 잃게 되더라도 알고 싶지 않았다. 분명 정상적인 것은 아니겠지.

　"이 생명, 재생의 시간에 모든 것을 바치겠습니다."

　"너에게는 미안한 마음뿐이다. 너의 의지는 이 세계를 유지시킬 것이다."

　"모든 것은 당신의 뜻대로."

　내가 세운 제국을 바라보았다. 환한 태양빛을 받아 찬란하게 빛나는 이 문명을 지우는 일은 늘 슬프고 괴로웠다.

　나의 백성은 웃고 있었다. 내 눈에 보이는 표정은 그러했다.

　"파괴에 의미를 담아……."

　부디 이번이 마지막이 되었으면 하는 바람이었다.

　길잡이 별 데이오스.

　그러나 홀로 방황하는 별 데이오스.

　여기까지 왔다면 그대는 많은 것을 잃었을 것이다. 분명 나를 증오하며 이곳까지 도달했겠지.

　그대가 원망하는 대상이 없음을 한탄치 말지어다.

　모든 증오와 원한을 내려놓고 그대, 내가 해야 하는 일은 단 하나다. 그것을 위해 지금까지 달려왔고 앞으로도 달려가야 할 것이다.

이 세계를 만든 책임, 그것은 너에게 있다.

너는 이 세계에 빛을 가져다주어야 할 의무가 있다.

너는 인간을 지켜 나가야 한다.

모든 것을 잃어도 그것은 진정으로 잃는 것이 아님을 너는 깨달아야 할 것이다.

빛이며 어둠의 존재.

모든 것을 짊어지고 세계를 유지하라.

"크윽!"

숨이 가쁘게 쉬어졌다.

내 몸이 기억을 거부하는 듯 온몸이 찢어져 버릴 것 같았다. 머리가 깨질 듯 아파왔다.

부들부들 떨리는 두 손으로 내 머리를 부여잡았다. 피가 끓어오르는 것 같은 화끈한 열기가 온몸에서 느껴졌다.

빛이 발하기 시작했다. 마스터 코드가 내 몸에 안착되어 작동되었음을 느꼈다.

"기억……."

방금 전 보였던 그 영상이 바로 내가 그토록 갈구한 내 기억이었다. 알고 싶었던 이 세계의 진실이었다.

머리를 마구잡이로 떠돌던 기억들이 차분하게 모두 정리되었다.

모든 것을 알아버렸다. 차라리 모르는 것이 나을 뻔했을지도 모른다. 내 어깨를 짓누르는 어마어마한 무게가 느껴졌다. 너무나도 버겁고 힘들다.

이 현실을 받아들이는 것이 너무나도 힘들었다.

"나는……."

내가 모든 사건의 주범이다. 내가 모든 것을 계획하고 실행에 옮긴 파괴자이다.

나는 나 자신을 원망해야만 했다. 스스로를 증오하고 있다.

"빌어먹을."

사토를 죽인 원인은 바로 나였다. 사라와 프린을 괴롭게 한 것도 바로 나였다. 세계의 유지보다도 그것이 너무나도 괴로웠다.

나는 행복했을지도 모르는 그들을 짓밟고 이용했다. 그리고 불행을 가져다주었다.

하지만 끝내 어쩔 수 없는 일이라고 스스로를 다독이는 내 자신을 발견했다.

얼마나 비겁한 존재인가?

나는 그런 존재였다.

"젠장!!"

주먹을 내려쳤다.

무릎을 꿇고 아무것도 없는 하늘을 보며 절규했다. 떨림이 진정되지 않았다.

저주스러웠다. 나는 나를 저주했다.

하지만 나는 정신을 잃을 수조차 없었다.

내 몸속에 스며든 빛이 나를 차분한 정신으로 만들어주었다. 내 몸속에 들어와 어둠과 대항하는 빛은 분명 프린에게 넣어준 그것이었다.

마스터 코드.

창조의 힘이자 빛의 힘.

하지만 나는 프린을 죽이지 않았다.

"너였군."

내 명령을 어기면서 자신의 몸에 그것을 품고 나에게 죽은 케이아스가 생각났다.

케이아스는 분명 마스터 코드를 받아들일 수 없었다. 이상하게도 가장 순수한 인간만이 마스터 코드를 그나마 만질 수 있었다.

케이아스는 인간이 아니다.

그는 분명 여러 갈래로 나누어 강제로 받아들였을 것이다. 그의 부하들이 그의 의지에 동참했을 것이다.

그들이 왜 그런 선택을 했는지 짐작이 갔다.

내가 슬퍼하는 모습을 보기 싫기 때문에.

그들은 나를 그토록 사랑했다.

"미안하다. 너희는 그 누구보다도 빛나는 존재다."

아직은 익숙하지 않은 기억이 그와의 거리감을 느끼게 했

다. 하지만 나는 분명 그와 그들을 무척이나 아꼈고 신뢰했
다. 그의 의지는 스스로 빛을 발하였고, 그것이 나를 늘 기쁘
게 하였다.

"케이아스……."

나를 아버지라 부르며 내 손에 죽은 그에게 나는 무엇을 해
줄 수 있단 말인가.

내가 어둠에 취해 있을 때, 나를 제어할 유일한 수단은 바
로 빛을 다룰 수 있는 나의 근본, 마스터 코드였다. 인페르노
는 나를 위해서 프린을 살리고 대신 죽었다.

본래라면 프린을 철저히 미끼로 삼아 유린해야 했겠지. 케
이아스로서는 그것을 도저히 지켜볼 수 없었을 것이다. 나의
고통을 도저히 볼 수 없었을 것이다. 그리고 프린의 고통 역
시 외면할 수 없었을 것이다.

그는 그런 마음을 지닌 존재였다.

"이런 세상이 유지될 필요가 있을까?"

허무했다. 이 필사의 노력이 너무나도 허무하게 느껴졌다.

아픔만 낳는 세계를 유지할 필요가 있는 것인가? 그렇게까
지 해서 인류를 유지해야 하는 건가?

차라리 모든 것을 없애 버리고 안식을 취하는 것이 더 좋은
선택이 아닐까?

순간 사라의 얼굴이 떠올랐다. 그녀의 몸 안에 있는 자그마
한 생명의 박동을 나는 보았다. 그리고 나를 생각해 주는 이

들이 스쳐 지나갔다.

'지켜 나갈 가치가 있다.'

아무리 더러운 세계라도 그 안에는 보석과도 같은 빛이 존재한다. 나는 그것을 늘 지켜주고 싶어 무리를 해서라도 이 세계를 유지해 왔다.

나는 모든 것을 감당해야 한다.

"모든 것을 끝낼 것이다. 더 이상 이런 파괴가 일어나지 않도록."

아픈 것은 나 하나면 족하다.

이런 세계를 만든 책임은 나 하나가 지고 가면 된다. 세상이 아무리 더러워지더라도 희망이 있음을 알고 있다. 나는 그것을 믿고 이 부서질 것 같은 마음을 지켜 나갈 것이다.

"어둠……"

내 심장을 장악하며 끝내 내 정신까지 오염시켜 버리고 있는 어둠.

"빛……"

하지만 한쪽 구석에 있는 빛이 나를 나로 유지할 수 있게 만들어주었다. 인간들이 내뿜는 악의는 나를 충분히 나락으로 타락시켰다.

어둠은 생각했던 것보다 훨씬 어두운 것이었다. 그 기운이 두려웠다. 진득한 악의로 가득 찬 어둠의 속삭임은 달콤했지만 지금의 나는 결코 흔들리지 않을 것이다.

"내가 할 일은……."

주위의 공간이 일그러지며 행성을 비추었다. 행성 전역을 휘감고 있는 빛과 어둠의 흐름.

저 방대한 어둠을 없애는 것은 불가능하다. 인간이 없어지지 않는 이상 그것이 불가능하다는 것은 알고 있다.

인간의 숫자가 확연히 줄어들어 그 크기가 작아진 어둠의 흐름을 내 몸에 담을 작정이다.

그렇게 된다면 직접적으로 이 세상의 모든 어둠이 나에게 빨려들겠지.

나는 어둠에 대해 알았고, 그것을 저지할 빛 역시 가지고 있다. 이것을 활용해야 한다.

빛이 있더라도 그것은 장시간 감당할 성질의 것이 아니었다. 나에게 계획이 있었다.

"가자."

몸을 일으켰다.

공간은 또다시 흰색 공간으로 돌아왔다.

내 심상의 세계를 비추듯 처음에는 멸망해 나가는 지구를 비추었고, 우주선, 그리고 과학자들을 비추었다.

나는 멈추지 않고 걸었다.

사막이 나타났다. 내가 기억을 잃고 떨어진 바로 그 사막의 풍경이 나타났다.

프린이 스쳐 지나간다. 용병 마을에 있던 모든 풍경이 나타났다가 사라지며 동료들의 얼굴을 하나둘씩 비추었다.

체페스, 그리고 동부 대륙에 이르기까지 내가 보았던 모든 것이 눈앞에 펼쳐졌으며, 사라져 갔다.

모든 것이 사라지고 다시 흰 공간으로 돌아왔다.

나는 끝없이 펼쳐진 이 공간의 끝을 나는 알고 있다.

"열려라."

손을 뻗자 희고 검은 거대한 문이 나타났다.

그것은 마치 지옥의 문처럼 끔찍한 동상들이 새겨져 있었고, 반대쪽은 천국의 풍경과 같은 아름다운 풍경들이 조각되어 있었다.

각각 희망과 절망을 나타내고 있었다. 그것은 나를 표현하는 것 같이 느껴졌다.

내가 발을 내딛자 문이 천천히 열린다.

"음……."

두 걸음 뒤로 밀린다. 그야말로 막대한 에너지 파장이다.

공간을 일그러뜨리며 폭사되어 가는 빛과 어둠이 내 정신을 앗아갈 지경이다.

나는 이를 악물고 그 안으로 들어갔다.

"이곳이 바로 세계의 중심."

광활한 공간이었다.

빛과 어둠만이 존재하는 공간이었다. 누군가는 이곳을 에덴이라 불렀다. 하지만 그것은 틀린 말일 것이다.

낙원은 바로 이 대륙이다.

나는 이 행성을 낙원으로 만들고 싶었다.

콰가가가가—

귀가 울린다. 눈이 타버릴 것처럼 아파왔다.

나는 피눈물을 흘리고 있었다.

이내 귀가 멀어버렸는지 아무것도 들리지 않았다.

"내가 왔다."

나는 빛과 어둠에게 나의 존재를 고했다.

빛이 미소 짓는 것 같았다. 어둠은 잔뜩 나를 경계하며 거친 에너지를 뿜어냈다.

아득히 먼 옛날 본 적이 있는 광경이다.

그것을 가득히 메운 빛과 어둠의 대립은 세상이 창조될 때를 보는 것 같았다.

"빛과 어둠의 기둥이여."

창조된 세계의 구석까지 뻗어 나가 다시 되돌아오는 빛과 어둠의 기둥이 바로 내 눈앞에 있었다.

이곳은 출발이자 도착의 공간.

그렇기 때문에 세계의 중심이다. 이 세계를 만든 나조차도 단지 이렇게 묶어놓기만 했을 뿐 건드리지는 못했다. 하지만 지금은 다를 것이다.

오랜 세월을 살아오며 마모되었지만 그 덕분에 새롭게 볼 수 있는 것들이 있다.

나는 먼저 찬란한 빛에 손을 대었다. 그리고 모든 감각을 끌어올리며 그 빛을 모조리 내 몸으로 받아들였다. 동시에 어둠으로 손을 뻗었다.

"커억!"

살갗을 뚫으며 근육을 찢어내고 뼈를 조각내며 내 몸을 휘젓기 시작했다. 강렬한 어둠이 내 몸을 잡아먹고 있다. 그에 맞서는 빛이 상처를 회복시키며 팽팽히 대립했다.

정신적인 한계가 왔음은 분명했다. 하지만 나는 인간이기에 그것을 극복할 수 있다고 믿는다.

"크윽!"

어둠이 빨려들어 오면 빨려들어 올수록 온몸이 부서져 간다. 이런 끔찍한 고통 속에서 정신을 잃을 수도 없다. 계속해서 밀려드는 빛이 나를 회복시키고 정신을 또렷하게 만들고 있었기 때문이다.

그래, 이것은 전쟁이다. 창조된 세계에서 끊임없이 이루어진 빛과 어둠의 대립이 이제는 내 몸에서 펼쳐지고 있는 것이다.

"질 것 같나!"

억누르고 억누르며 나는 모든 것을 받아들이려 애썼다. 온몸이 찢겨지는 고통 속을 묵묵히 참아내었다. 이것은 내가 감당할 책임 중 하나일 뿐이다.

나는 그렇게 생각하며 미쳐 버릴 것 같은 정신을 가다듬었다.

육체가 끊임없이 붕괴되며 다시 재구축되었다. 쓸모없는 것들이 모두 사라지고 알맞은 그릇을 만들며 그 용량을 늘려 갔다.

콰아아아―

창조된 세계가 보였다. 나와 우리, 그리고 인류가 있는 세계이다. 그곳에서 점점 빛과 어둠이 사라지며 푸른빛으로 일렁이는 행성이 나타났다.

찬란한 축복의 빛을 받으며 모습을 드러낸 행성은 너무나도 아름다웠다.

나는 모든 어둠을 나의 몸에 담았다. 흡수된 빛이 간신히 균형을 맞추며 서로 대립하고 있었다.

손을 바라보았다.

처음에는 뼈가 보이다가 점점 살이 붙고 정상적인 손으로 변했다.

"성공한 건가?"

행성을 휘감던 두 기운이 모두 나에게 들어왔음을 알아차렸다.

행성의 모든 올바르고 더러운 에너지가 나에게로 쏟아져 내렸다. 빛과 어둠의 흐름이 나에게로 귀속되었으니 나에게 모이고 있는 것이다.

절대적인 이 힘이 지금도 끊임없이 나의 정신을 갉아먹고 있었다.

장기간 이것을 지니고 있는 건 무리다.

"재생의 시간이다."

주위를 둘러보았다.

흡수의 여파로 수도는 흔적도 없이 사라져 버렸다. 그 주위에 있던 마왕군 역시 그 여파에 휩쓸려 죽음을 면치 못했다. 살아남은 인간들이 느껴졌다.

수십억에 이르렀던 인간이 수억으로 줄어들었다. 나는 그들의 희생에 애도를 표했다.

그리고 손을 뻗어 새로운 시대가 왔음을 선포했다.

Chapter 03
재생의 시간

이 세상의 모든 지식을 나는 알 수 있다. 저 달에 기록된 지식은 실시간으로 받아 쓸 수 있었다.

내가 기억을 잃었을 때 보았던 시스템창은 모두 달의 접근 권한 중 일부였다. 모든 지식이 들어 있는 달이 있었기에 내 성장은 그렇게 막힘이 없었던 것이다.

달에서조차 구체적으로 표현되지 않은 어둠에 대해 나는 확실히 깨달았다.

그렇기에, 모든 것을 알 수 있었기에 이 세계의 문제점이 무엇인지 잘 알고 있다.

손을 뻗어 공간을 갈랐다.

이 찬란한 행성 위와 아래에 또 다른 공간을 만들었다. 그것은 내 의지가 섞인 아공간을 응용해서 만든 것으로 그 넓이는 행성의 크기와 맞먹었다.

지금 내 몸은 금방이라도 부서질 것 같다. 이 두 기운을 감당하는 일은 나의 정신으로서도 무척이나 힘든 일이었다. 간신히 버티고 있기는 하지만 그것도 조금 있으면 한계에 도달할 것이다.

내 육신을 비집고 나오려는 빛과 어둠을 분배할 필요가 있었다. 특히나 어둠은 지속적으로 소모해 주지 않으면 나 자체가 붕괴되고 세계의 균형이 깨져 종극에는 멸망을 초래할 것이다.

"빛의 존재."

나는 행성의 위에 있는 아공간에 먼저 손을 대었다.

빛을 소모해 이 에너지를 더욱 효율적으로 행성에 분배할 수 있는 존재들을 만들었다. 더욱 빛의 크기를 늘려줄 축복의 존재를 만드는 것이다.

최초에 만든 것은 거대한 나무였다. 의지를 지닌 나무는 빛을 먹으며 행성에 이로운 존재를 만들어 지상 곳곳에 빛을 부여할 것이다.

기쁨과 희망 같은 플러스 에너지로부터 발산되는 빛은 세상에 모든 이로운 기적을 일으키며 인류를 지켜 나갈 것이다.

"너의 이름은 코스모스이다."

나무로부터 시작된 생명이 빈 공간을 가득 채우며 넘실거렸다. 빛이 가득한 하늘과 푸른 대지, 그리고 맑은 물줄기가 조화롭게 펼쳐진 환희의 공간이었다.

이들은 자신의 기쁨을 행성에 뿌릴 의무가 있다. 인간들에게 나누어 줄 의무가 있다. 그리고 어둠으로부터 인간들을 지킬 임무가 있다.

"이 세계를 위해 일해라."

나는 두 눈에 담기도 힘들 정도로 큰 거대한 나무를 쓰다듬으며 그렇게 말했다.

빛이 떨어지며 빛을 머금은 존재들이 태어나기 시작했다. 나는 창조된 세계를 떠도는 케이아스의 영혼을 불렀다.

그의 육신을 만들고 눈을 뜨게 했다. 나는 진심으로 그를 축복해 주었다.

그는 그럴 만한 자격이 있다. 그의 눈이 환희로 일렁거림을 볼 수 있었다.

"아버지."

"너는 인간들을 지켜주어라."

"모든 것은 당신의 뜻대로."

세상의 모든 축복을 담은 나무는 착실히 내 의지를 받들며 빛을 뿜어냈다.

나는 이곳을 천계라 명했다.

내 아공간에서 분리된 이곳은 나의 몸과 마찬가지다.

빛의 소모가 심해지자 내 몸속에 있는 어둠이 고개를 들어 날뛰기 시작했다.

어둠을 소모하며 죽을 존재들을 만들어야 했다. 그리고 행성의 모든 어둠을 빨아들일 하수구와 같은 존재들을 만들어야 했다. 단지 죽기만을 위한 존재, 사라져야만 하는 존재들을 만들어내는 그런 공간을 행성 아래에 만들었다.

위에서부터 빛이 뿜어져 내려 어둠은 행성 아래로 빠지는 형태였다.

나는 어둠을 과감히 떼어 그것을 이용하기 시작했다.

어둠으로부터 생성된 이 공간은 공포와 절망만이 감도는 공간으로 변해갔다.

나에게서 뿜어져 나온 어둠을 먹고 자라난 존재들은 빛에 의해 죽어야 할 운명을 부여받았다. 행성의 악의를 흡수하여 죽을 운명을 타고났다.

"레이첼."

레이첼의 이름을 부르자 내 앞으로 레이첼이 소환되어 왔다.

"마스터?"

레이첼은 내 주위에 접근하지도 못했다. 나에게서 뿜어져 나오는 강력한 어둠을 감당하기에 그녀의 육신은 너무나도 나약했다.

"어둠은 죽어야 할 존재다."

레이첼은 아무 말 없이 나를 바라보다가 고개를 숙였다. 그녀는 갑작스러운 상황에 적응하려 애썼다.

"분위기가 달라지셨군요."

"그래, 내가 해야 할 일이 무엇인지 알았다."

레이첼은 나를 보며 살짝 웃었다.

"이곳이 바로 지옥입니까?"

"지옥, 그렇게 부를 수도 있겠지."

그녀는 묵묵히 고개를 끄덕였다. 잠시간의 침묵이 지나자 나는 다시 입을 떼었다.

"내 업을 나누어 가져갈 수 있겠나?"

"저는 마스터에게 영혼을 바쳤습니다. 모든 것은 당신의 뜻대로."

내 손이 그녀의 가슴에 닿았다. 레이첼은 눈을 감았다. 모든 것을 나에게 맡긴 것을 느낄 수 있었다. 평온한 표정에 나는 살짝 미소 지었다.

나는 빛을 떼어내어 그녀의 몸에 심었다. 기존에 있던 육체가 파괴되고 새로운 기운을 지배할 수 있는 육체로 구성되기 시작했다.

그녀의 빛은 주위의 어둠에 영향을 받아 보랏빛으로 물들어갔다. 타락하고 있는 것이다. 하지만 나와 링크가 되어 있는 이상 그녀의 의지는 결코 더럽혀지지 않을 것이다.

"잘 버텨주었다."

완전한 빛을 지닌 나로서는 불가능한 최초의 혼돈이었다.

그녀는 이 공간을 다스리는 왕으로서 존재할 것이다. 나는 이 공간을 마계라 명했다.

"마왕도……."

마왕도를 마계로 끌고 왔다.

보랏빛 하늘 아래 모습을 드러낸 마왕성은 무척이나 쓸쓸해 보였다. 마족들 역시 어리둥절한 표정이었다.

"죽기 위한 존재는 무엇입니까?"

레이첼이 물었다. 레이첼의 미모는 더욱 아름다워져 눈이 부실 지경이었다.

나는 처음부터 차근차근 설명해 주었다. 그녀는 두 눈을 감는 것으로 자신의 숙명을 받아들였다.

그녀가 아끼는 마족들을 바라보았다. 마족들은 그녀와 닮은 보랏빛 기운을 머금고 있었다. 저들은 어둠에 닿았으면서도 스스로 빛을 뿜어내고 있다.

"보아라. 이것이 악이다."

나는 그녀와 마족들이 보는 앞에서 마계 밑에 새로운 공간을 만들어냈다.

나는 이 공간에 행성으로부터 빨려들어 오는 어둠을 분배했다. 나와 이 공간으로 분배된 것이다.

거대한 숲을 만들고, 그곳에서 어두운 존재들이 태어나게 만들었다. 벌써부터 악의를 머금고 태어난 존재들이 보였다.

괴물의 형상을 한 저들은 모두 마물이었다.

나는 이곳을 지옥이라 칭했다.

완전히 어둠에 물든 마왕군을 그 지옥으로 불러들였다.

"이곳은 우리를 위한 세계인가?"

발록이 그렇게 말하였다.

마왕군 간부들의 모습이 보였다. 주위에 가득 있는 마기가 그들에게 흥분을 가져다주는 듯했다.

어둠이 강해지면 이곳의 힘도 강해질 것이다. 이들은 그 어둠을 부여받고 끊임없이 죽어 어둠의 힘을 소모시키는 운명을 받아들여야 했다.

그것은 나 역시 마찬가지이다. 내 몸에 있는 거대한 어둠을 한 번에 없애기 위해서는 나 역시 죽음을 받아들여야 했다. 하지만 나는 죽지 않는다.

어둠이 나를 살릴 것이 분명하니 이 세계의 어둠이 존재하지 않는 이상 나는 죽지 않는다.

이것을 아는 자는 나와 레이첼, 그리고 천계의 나무뿐이었다. 차라리 모르는 편이 저들에게는 좋을 것이다.

"레이첼, 너는 마계를 다스려라. 그리고 지옥의 존재에게 그 누구도 접근하지 못하게 해라."

나는 최대한의 힘을 담아 지옥을 봉인했다. 오직 나만이 지옥의 문 헬게이트를 열 수 있게 만들었다. 내 몸속에 있는 어둠 역시 단단히 봉인했다.

언젠가는 이 봉인을 뚫고 나오겠지.

"후……."

나는 한숨을 내쉬었다.

이로써 행성으로 가는 어둠의 힘이 당분간은 사라졌다.

나는 다시 행성에 균형을 맞춰야 할 필요성을 느꼈다.

나는 행성을 바라보았다.

파괴된 대륙이 보였다. 이것은 모두 내가 저지른 일이었다. 내가 회복시켜야 했다.

빛에 포함된 속성들이 자연계에 영향을 주고 행성을 가꾸고 있기 때문에 아직 덜 성숙한 천계가 이 모든 것을 감당하기에는 힘들 것이다.

나는 행성의 균형을 맞출 속성의 존재들을 만들었다.

그리고 인간계의 균형을 조절하고, 혹시 있을지 모르는 이상 현상을 막을 존재들 역시 만들었다.

나에게 속한 최초의 드래곤 마룡을 마계의 입구에 놓았고, 마룡을 참조해서 드래곤을 만들어 대륙 곳곳에 뿌렸다.

이로써 세계는 잠시 안정기에 접어들었다. 지금 마왕군에게 짓밟혀 피폐해졌기는 해도 곧 찬란한 문명을 꽃피울 것이다.

나의 어둠도 지옥에 분배되어 아슬아슬하게 한계에 머무르고 있었다.

이 정도라면 오랫동안 버틸 수 있을 것이다.

마지막으로 해야 할 일이 있다.

약해지긴 했지만 언젠가 이 온몸을 부수고 나올 어둠을 한 순간에 소멸시킬 강력한 무기가 필요했다.

나는 어둠을 죽일 도구를 만들기 시작했다. 내 몸에 있는 모든 빛의 근원을 뽑아내어 날카로운 형상을 이미지했다.

이 성검에는 빛을 다룰 수 있고 세상의 에너지를 모두 다룰 수 있는 마스터 코드가 내재되어 있다. 나에게서 마스터 코드를 떼어낼 수밖에 없었다.

마스터 코드마저 어둠에 물들어 버리면 그때는 정말로 끝장일 것이다.

"성검."

그것은 하나의 검이었다. 눈부시게 빛나는 검은 세상의 모든 순수한 빛으로 만든 최고의 명검이 되었다.

성검을 만들며 빛을 잃었다. 빛이 없는 나는 어둠을 없앨 수 없다. 어둠은 오직 빛으로만 없앨 수 있기 때문이다.

빛을 잃은 나는 성검을 잡는 것만으로도 육체가 빠르게 붕괴되었다. 하지만 차오르는 어둠이 격렬하게 그것과 대항하여 성검을 부수려 달려들었다.

성검이 자아를 지닌 것 같다. 심혈을 기울여 만든 검이다. 자아가 생기는 것도 어찌 보면 당연했다.

"나를 그리워하는 건가?"

마스터 코드 자체에 자아가 생긴 것일 수도 있다. 나에게

다가오고 싶어하지만 어둠에 밀려 다가오지 못했다. 나는 이
것을 드는 것만으로도 폭주할 것 같았다. 이것을 내 심장에
스스로 박아 넣는 것은 역시 무리였다.

천계의 존재들은 이것을 이용할 수 있을 것이다. 나는 이것
을 천계에 올려 보냈다.

"거부하는 것인가?"

성검은 천계를 거부했다. 천계에 있는 빛의 존재의 모든 손
을 거부했다. 이것을 만질 수 있는 존재는 단 하나도 존재하
지 않았다.

자아를 지닌 검은 스스로 주인을 기다리는 것 같았다. 마스
터 코드가 프린을 받아들였던 것처럼 가장 순수한 인간을 원
하는 건지도 모른다.

"그것은 인간인가?"

성검이 공명을 토해냈다.

한차례 섬광을 뿌리던 성검은 아공간을 열더니 행성, 인간
계를 향해 날아갔다. 성검의 의지가 나에게 전해진 것 같다.

나로서는 빛과 어둠 두 가지 기운을 모두 감당할 수 없었
다. 언젠가 커진 어둠이 빛을 먹어버릴 것을 알고 있었다. 그
전에 나는 어둠을 죽일 시스템을 만들려고 했다.

나는 천계에 지옥의 존재들을 보내 어둠을 줄이다가 더 이
상 감당할 수 없을 만큼 어둠이 커지면 성검으로 내 심장에
있는 어둠을 단번에 없애 버릴 생각이었다.

이렇게 된다면 계획이 뒤틀릴 수밖에 없었다.

"인간계로 나갈 수밖에 없겠군."

성검을 회수하든가, 아니면 어둠이 차오를 때까지 성검의 의지를 지켜봐야 했다.

일단 나는 천계와 마계가 안정을 찾을 때까지 기다렸다. 천계에서는 많은 존재가 탄생했고, 마계 역시 번영해 갔다.

지옥의 마수들이 커가는 것을 나는 느낄 수 있었다.

그들은 마신을 찬양하며 모든 것을 부수어 버릴 것이라 선언하고 있었다.

대륙은 어둠이 사라지고, 흘러가는 시간 속에 아름다운 모습을 되찾아갔다.

대륙에는 새로운 국가들이 세워지고 있었다.

10년 정도가 지난 것일까?

'그래, 그 정도가 지났겠지.'

그 정도 시간이 소비된 것 같다.

Chapter 04
성검

나는 성검을 찾기 위해 인간계로 나왔다. 이대로 버틴다면 천 년 이상은 버틸 수 있을 것이다. 그 안에 성검을 회수하든지, 성검의 의지를 지켜봐야 했다.

"아름답다."

내가 도착한 곳은 거대한 들판이었다. 허리까지 자란 풀들이 바람에 흔들려 넘실거렸고, 눈앞에는 거대한 호수가 보였다.

호수의 비친 내 모습을 바라보았다. 머리의 색이 빠져 회색이 되어버렸다. 기이한 색이었지만 적어도 검은 머리는 아니니 주목받을 일은 없어 보였다.

나는 검은색이 싫어졌다.

어둠 그 자체가 싫었다.

세상은 반드시 빛이 충만해야 한다. 얼마만인가, 이 세계를 제대로 바라보는 것은.

"날뛰지 마라."

몇 겹으로 봉인한 어둠이 날뛰고 있는 것이 느껴졌다. 그 비명 소리를 듣는 것만으로도 정신이 오염되는 것 같지만 나는 차분한 마음을 유지해야 했다.

"10년 정도면… 프린과 노바도 많이 변했겠군."

성숙한 아가씨가 되어 있겠지? 그동안 찾아가지 않은 것이 미안했지만 그것은 어쩔 수 없는 일이었다.

나는 노을이 질 때까지 천천히 걸으며 하늘과 땅, 그리고 태양을 끊임없이 바라보았다.

우리가 만들고 내가 창조한 세상.

나는 그 안에 서서 내가 창조한 것들을 바라보고 있는 것이다. 나는 예전부터 이렇게 바라보는 것을 좋아했다.

해가 지고 밤이 찾아올 때쯤 나는 걸음을 멈추었다. 내 몸에는 사용할 수 있는 에너지가 없지만 세계에는 순수한 에너지가 넘실거렸다.

"거기인가?"

성검의 에너지가 감지되었다.

나는 주위에 있는 마나를 모아 마법진을 그릴 필요도 없이 바로 마법을 시전했다.

눈 깜짝할 사이에 발현된 텔레포트가 나의 몸을 이동시켰
다.

눈앞에 마을이 보였다. 예전의 그 찬란했던 도시의 모습과
는 많이 차이가 있었다. 아무래도 초과학을 자랑하던 제국이
사라지고 동부 대륙 역시 그러했으니 문명이 퇴보하는 것은
어쩔 수 없는 결과였다.

하지만 이전보다 훨씬 평화로워 보였다. 인간들에게는 보
이지 않겠지만 하늘에서 떨어져 내리는 빛과 내가 만든 정령
이란 존재들이 보였다.

마구잡이로 기운이 퍼져 나가던 예전과 비교해 훨씬 풍요
로워졌다.

나는 낮게 웃고는 걸음을 떼었다. 늘 입고 있던 검은 로브
는 입지 않았다. 더 이상 그것을 걸칠 이유가 없었다. 그저 간
편한 여행자 복장을 하고 주변을 거닐었다.

"새로운 왕국이라……."

제국이 있던 자리에 벌써 다섯 개의 왕국이 세워졌다. 수억
에 불과한 인구지만 나름 이상을 가진 지식인들이 사람을 모
아 왕국을 세우고 있었다.

언젠가 또 전쟁이 발발하겠지. 그것이 인간을 증명하는 역
사인지도 모른다.

달에 대한 접속을 끊었다. 눈앞의 모든 사물에 대한 정보가

실시간으로 들어오는 것이 굉장히 귀찮았기 때문이다.

시스템 창으로 표현하자면 분명 화면을 가득 채우고도 남았을 것이다.

인간계에서는 인간의 모습으로 지내고 싶었다. 나는 인간이었으니까.

아니, 지금도 인간이다.

"어서 오십시오, 여행자님. 어디에서 오셨습니까?"

"동쪽에서 왔습니다."

"어이쿠, 그곳에는 몬스터가 자주 출몰하는 곳인데요."

아직 마왕군의 잔재가 남아 있었다. 인간들이 칭하는 마신 전쟁의 여파인지 오염된 동물들이 몬스터로 변형되어 번식해 나갔다고 한다. 완전히 어둠에 타락한 것이 아니라 이 행성의 일부로 받아들여지고 있다.

적당한 위협이 있는 편이 인간들의 발전에도 도움이 되겠지.

어쩌면 전쟁을 억제하는 효과가 있을 수도 있다. 너무 강력해진 몬스터는 드래곤들이 처리할 것이니 걱정할 것 없었다.

"어서 들어가 쉬시지요."

경비원은 웃으며 나를 들여보내 주었다. 검이나 창 같은 것을 지니고 마을을 돌아다니는 경비원들이 자주 보였다.

"성검……."

이것은 무슨 이유인가?

성검의 기척이 사라지고 익숙한 파장이 감지되었다. 그것은 노바와 프린의 파장이었다.

노바의 기운은 많이 약해져 있기는 하지만 멀리서도 확실히 느끼질 만큼 강대했다. 내가 직접 불어넣어 준 기운이었기 때문이다. 어두웠던 기운도 완벽하게 정화되어 순수하게 빛나고 있었다.

천계의 자식들이 참으로 일을 잘해주고 있다.

"프린과 노바, 이 마을에 있군."

나무로 지어진 집들을 지났다.

아직 포장이 덜 된 도로의 느낌은 그리 나쁘지 않았다. 마차가 보이긴 했지만 전체적으로 한적한 도로였다.

노바는 이 마을 중심에 있는 저택에 머물러 있었다. 내가 그 자리에 서서 저택을 바라보자 입구에 서 있던 무장한 경비가 나에게 다가왔다.

"무슨 일이십니까?"

경비는 내 차림을 훑다가 그렇게 말했다. 여행자 복치고는 상당히 깔끔하고 고풍스러웠기에 정중하게 느껴지는 말투였다. 그러다 나와 눈이 마주치자 그가 살짝 움찔거렸다.

그는 감으로 내가 보통 사람이 아니라는 것을 깨달은 모양이다.

"혹시 영주님과 마스터 노바님께 볼일이 있는 분이십니까?"

"영주와 마스터 노바라……."

그의 눈에서 그녀들에 대한 존경심을 읽을 수 있었다.

"그 둘을 존경하나?"

"예? 물론 그렇습니다. 영주님은 이 마을을 대륙 누구보다 잘 다스려 주시고 있다고 생각합니다. 마스터 노바님의 마법 실력은 말할 것도 없지요. 그 전쟁, 14년 전의 끔찍한 전쟁에서도 이곳을 지켜주신 분들입니다."

"마신전쟁 말인가?"

내가 그렇게 묻자 경비는 고개를 끄덕였다.

"저야 그때는 어렸으니까 아무것도 몰랐습니다. 마왕을 무찌를 정의의 용사를 꿈꾸었는데, 지금은 이곳을 지키는 것으로 만족합니다."

나는 살짝 웃으며 품에서 1골드짜리 동전을 꺼내 튕겨주었다.

"이야기 고마웠다. 그럼 수고하게, 젊은이."

1골드를 받아 든 그는 눈을 깜빡이다가 경악으로 물들어갔다.

"이, 이건 제국 금화……!"

나는 아무것도 아니라는 듯 등을 돌려 마을을 거닐었다. 정보로 보는 것이 아닌, 직접 귀로 듣고 눈으로 보는 것이 훨씬 더 좋았다.

달과 완벽히 동화한다면 모든 지식을 관조할 수 있지만 마스터 코드를 성검에 넣으면서 그 자격을 부분 상실했다. 지금은 그저 접속 권한만 있을 뿐이었다.

성검은 나에게 무엇을 보여주고 싶은 건가?

나의 몸의 일부인 마스터 코드는 그 오랜 세월 동안 창조를 하며 나의 뜻을 받들었다. 마스터 코드에 자아가 생기기 시작한 것은 아마 빛을 받아들이고 나서부터일 것이다.

나를 떨어져 나갔을 때 완전히 각성을 한 것 같았다.

성검의 의도가 궁금했다.

"지금은 조금 쉬자."

어쩌면 긴 휴식이 필요한지도 모르겠어.

나는 조그마한 언덕에 올라 나무에 등을 기대어 시간을 보냈다.

포근한 공기와 아름다운 별빛을 보는 것만으로도 최고의 잠자리가 되어주었다.

아공간을 열어 술 한 병을 꺼냈다. 성검은 인간계로 나를 이끌었다. 물론 나올 생각이었지만 그 시기가 더 빨라진 감이 있었다.

분명 다시 내 앞에 나타날 것이다. 내 몸의 일부이니 나를 그리워하고 있는지도 몰랐다.

나는 눈을 감고 밤을 보냈다.

시끄러운 소리에 눈을 떴다. 영지 곳곳에 거대한 마차의 행렬이 있었기 때문이다. 축제 비슷한 분위기가 펼쳐지자 더 이상 잠을 잘 수 없었다.

뻐근한 몸을 일으켰다.

"비켜봐! 데이오스!"

"그 이름으로 부르지 말랬지!"

"히히힛."

나는 내 이름이었던 이름을 부르는 소리에 고개를 돌렸다. 나를 부르는 것이 아니었다. 인파 사이로 소년과 소녀가 웃으며 축제를 구경하고 있었다.

"촌놈처럼 굴지 마, 데이~ 오스!"

"시골에서 이런 마을에 상경했으니 당연하잖아! 그보다 이름으로 부르지 마! 사람들이 쳐다본다니까!"

데이오스라 불린 소년은 소녀의 말에 인상을 찡그렸다. 데이오스는 긴 장검을 지니고 있었다. 아직 덜 자라 다루기 힘겨워 보이지만 적당히 훈련받은 몸으로 보였다.

나는 소년의 모습을 바라보다가 깨닫고 말았다. 저 아이의 파장은 내가 사라에게서 읽은 그 파장이었다.

10년 정도 지났으리라 생각했지만 14년이 흘렀다.

14년.

충분히 뱃속의 아이가 저 정도로 자랄 시간이다. 세월의 흐름이 느껴지기 시작했다.

"신기하군."

인간이 생명을 잉태하는 것은 당연한 것이다. 하지만 내가 사랑한, 그리고 사랑했던 여인이 잉태한 생명은 무척이나 신비로웠다.

절로 미소가 지어졌다.

"이봐, 꼬마! 그 검 좋아 보이는데?"

껄렁껄렁해 보이는 건달이 소년과 소녀를 둘러쌌다. 실력 있는 건달인 듯 보였다.

건달이 검에 손을 대려 하자 소년이 주먹으로 건달을 후려쳤다.

"손대지 마!"

"이, 이자식이!"

건달들이 검을 뽑았다. 주변 사람들이 비명을 질러댔다. 순식간에 축제의 분위기가 반전되고 있었다.

"거기! 무슨 일인가!"

경비대원들이 몰려왔다. 건달들은 일이 커지자 당황한 눈치였지만 비릿하게 웃고는 입을 떼었다.

"저, 저 꼬마 놈이 제 검을 훔쳐갔습니다요, 기사님."

경비대원의 대장으로 보이는 자가 소년을 바라보자 소년은 고개를 저으며 강하게 부정했다.

"웃기지 마! 이건 우리 아버지가 물려준 검이다!"

"흥, 젖비린내 나는 애송이가 그런 검을 지니고 있을 리가 없잖아!"

경비대장이 유심히 검을 바라보자 소년 옆에 서 있던 소녀가 소리치기 시작했다.

"저 건달이 거짓말을 하고 있는 거예요! 저 건달 같은 아저씨들이 지니는 검치고는 비싸 보이잖아요?"

"음……."

경비대장은 턱에 손을 넣고 고민하다가 손을 올렸다.

"모두 포박해라!"

"에엑?"

"무, 무슨 소리입니까, 나리!"

경비대장이 건달과 소년을 한차례씩 바라보았다.

"이런 신성한 날에 축제 분위기를 망치는 것 또한 잘못이다. 검의 소유권은 심문을 통해서 철저하게 가려낼 것이다."

"마, 말도 안 돼요! 저쪽에서 일방적으로 시비를 걸었다구요!"

소녀가 그렇게 소리쳐도 경비대장은 부동이었다. 경비대원들이 그들을 포박하려 했다.

찔리는 게 있는지 건달들이 검을 뽑아 들었다.

"꺄악! 싸움이다!"

순식간에 아수라장이 되었다. 나는 난입의 필요성을 느꼈다.

사라의 자식이다.

지켜볼 이유가 있었다.

“주, 죽어!”

건달은 검을 휘두르려다 자신의 손에 검이 없음을 알아차렸다. 당연했다. 그가 휘두르려던 검은 내 손에 들려 있기 때문이다.

“너, 넌 뭐야!”

“어느 시대에나 이런 자들이 존재했지.”

내가 검을 향해 손가락을 튕기자 검이 가볍게 박살 났다. 그 광경을 보고 건달들은 놀라 뒤집어지려 했다.

“도망쳐!”

도망치려는 건달의 다리를 걸어 넘어뜨리고 바닥에 있는 돌을 던져 다른 건달을 기절시켰다.

나는 마지막 건달을 제압해 경비대장 앞에 던졌다.

“이 건달들이 축제를 망쳤지. 그렇지 않나?”

검을 들고 설쳤으니 말이다.

내 말에 경비대장은 고개를 끄덕였다. 경비원들이 건달들을 포박했다.

“그럼 검 문제는 일단락되었군.”

경비대장은 나의 말에 고개를 저었다.

“소년이 지닌 검은 경비대에 신고가 안 된 검이오. 마을을 들어올 때 경비소에 신고를 해야 하오. 그렇지 않나, 소년?”

그러자 소년은 움찔거렸다.

“전 몰랐어요.”

“죄송합니다.”

소녀가 소년의 머리를 잡고 아래로 내렸다. 그리고는 자신 역시 사죄의 말을 건넸다. 나는 조그마한 보석을 꺼내 그에게 건넸다.

“벌금이라 생각하고 받아주게.”

경비대원은 웃으며 보석을 나에게 다시 돌려주었다.

“이번만은 그냥 봐주겠소. 나도 저만한 아들이 있지. 철수 하자!”

제법 올곧은 자였다.

“저, 도와주서서 감사합니다.”

“고맙습니다.”

소년과 소녀가 고개를 숙이며 나에게 감사를 표했다.

“다친 곳은 없나?”

“네!”

활기찬 목소리로 대답해 절로 미소가 지어졌다.

“일단 이곳을 벗어나도록 하지. 따라와라.”

나는 시끄러운 곳을 피해 한적한 거리로 소년과 소녀를 데리고 왔다.

“이름이 뭐지?”

“저는 레이구요, 이쪽은 데이오스······.”

“그 이름으로 부르지 말랬지! 아! 저 그냥 데이라 불러주세요.”

분홍 머리가 인상적인 소녀 레이가 웃으며 나를 바라보았다.

"그, 근데 미남 오빠는 이름이 뭐예요?"

"내 이름?"

웃음이 귀여운 소녀였다. 프린의 어렸을 적을 보는 것 같았다. 나는 시선을 돌려 불만에 차 있는 소년을 보며 웃었다.

"데이오스."

"네?"

둘 다 놀란 눈치다.

"우와, 마왕의 이름인 사람이 여기 또 있네?"

레이는 진정으로 놀란 눈치다. 데이는 동정하는 눈으로 나를 바라보았다. 이름 때문에 고생이 많았던 모양이다.

하긴 14년 전에 대륙을 피바다로 물들인 마왕의 이름이니 말이다.

사라는 무슨 이유로 자신의 아들에게 데이오스란 이름을 지었을까?

"이곳에는 뭐하러 왔지?"

내가 묻자 레이와 데이는 망설임없이 입을 뗴었다.

"이곳에 있는 아카데미에 입학해서 위대한 마법사가 될 거예요! 마스터 노바처럼요!"

"저는 용사가 되고 싶습니다!"

순수한 눈망울이 보기 좋았다. 실력을 쌓는다면 분명 훌륭한 용사가 될 수 있을 것이다.

"검을 쓰나?"

"네. 아버지한테 배웠어요."

검룡인가?

나는 피식 웃으며 근처에 있던 나뭇가지 하나를 잘랐다. 데이는 눈을 깜빡이며 나를 바라보았다.

"자, 한 수 가르쳐 주지."

"네?"

"네 아버지도 내 검을 막아내지는 못했어."

"거짓말!"

인상을 찡그리는 데이에게 웃음을 날려주었다.

"진실이다."

"으으! 봐주지 않을 거예요!"

나는 먼저 나뭇가지를 휘둘러 데이의 어깨를 가격했다. 뒤로 날아가는 데이의 모습에 레이가 크게 웃었다.

"데이오스! 그것밖에 못해? 미남 오빠, 굉장하네요!"

"네 여자친구가 나에게 반한 것 같은데?"

데이가 벌떡 일어나며 검을 뽑더니 나를 노려보았다.

"여자친구 아니에요!"

레이를 바라보니 조금 시무룩해져 있었다. 어떤 관계인지 대충 짐작이 되었다. 나는 이 눈치없는 꼬마를 위해 조금 더 힘을 써줄 생각이 들었다.

“자, 덤벼봐라.”

데이가 나에게 돌격해 왔다. 익숙한 몸놀림이었다. 검룡의 것보다 훨씬 떨어지지만 저 나이 또래치고는 대단한 솜씨였다.

검룡의 검술을 펼치는 꼬마를 보니 감회가 새로웠다. 조금 힘을 주어 검을 튕겨내고는 빠르게 데이의 몸을 찔렀다.

“윽!”

검을 놓치며 바닥에 주저앉았다.

“제법이구나.”

“으……..”

나뭇가지에 의해 무참하게 패한 것이 분한 눈치다. 나는 손을 뻗어 데이를 일으켜 주었다.

“너는 좋은 검사가 될 거다.”

“그, 그래요?”

“그래. 네 아버지도 좋은 검사였지.”

나는 데이의 머리를 쓰다듬어 주었다. 그리고 레이에게 힘내라고 말해주었다. 레이는 고개를 끄덕이며 환하게 웃었다.

“사라 아주머니가 기다릴 것 같은데?”

“응, 돌아가야 할 것 같아.”

나의 손이 살짝 떨렸다. 나는 내색하지 않고 두 아이를 바라보았다.

“그럼 또 보자.”

두 아이의 미래에 축복이 있기를 진심으로 바랐다.

축제는 상당히 커다랬다. 알아본 결과 이 근방의 거대한 왕국의 왕자가 프린에게 청혼을 해온 모양이다. 그리고 그것을 받아들이고 난 후에 열린 축제가 바로 지금 내가 보고 있는 축제였다.

"결혼인가……."

사랑을 하고 결혼을 하는 것은 평범한 일이지만 축복받을 일이다.

멀리서 프린의 모습을 볼 수 있었다. 이제는 제 나이에 맞게 보여 마음이 놓였다. 프린의 미소는 아름다웠다. 자신의 옆에 있는 남자를 보며 행복하게 웃고 있었다.

조금 질투가 나기도 했지만 이 세계에서 행복을 누리고 있는 프린의 모습에 절로 미소가 지어졌다.

"이 세계는 분명 가치가 있어."

내가 짊어질 가치가 있다.

오늘 약혼식을 할 예정이라고 한다. 나는 그것을 지켜보는 것을 마지막으로 이곳을 떠날 생각이다.

성검은 더 이상 기적을 흘리지 않고 이 행성 어딘가에서 스스로 주인을 기다린다는 의사를 표해왔다.

나의 행복을 바라는 성검의 의지에 나는 웃음을 터뜨릴 수밖에 없었다.

나를 죽이기 위해 만든 무기가 내 행복을 바라고 있다. 마음 한구석이 따듯해졌다.

나는 성검의 의지를 존중해 주기로 했다. 인간에게도 최소한의 책임을 주어도 괜찮을 것이다. 위기가 없는 인간은 나태해지고 파멸을 향해 걸어가게 마련이니까.

"우와아아아아아!"

함성이 들려왔다.

꽃잎이 화려하게 날리었다. 사람들은 진심으로 환호하며 기뻐하고 있었다.

프린은 좋은 영주였다. 이토록 많은 사람들에게 축복을 받는 일은 나도 할 수 없는 일이었다.

나는 구름이 끼어 흐린 하늘을 맑게 만들었다. 구름을 지우고 거대한 무지개를 만들었다.

"무지개? 굉장한데?"

"아름답다."

내 작은 선물이었다.

많은 인파 가운데에서 프린의 모습을 볼 수 있었다. 화려한 드레스를 입고 화사하게 웃고 있었다. 그 옆에서 퉁명스러운 표정을 짓고 있는 노바 역시 보였다.

아름답게 잘 자라 고마웠다.

바라볼 수 있어 행복했다. 더 이상 내가 낄 자리는 없다. 그들과의 인연은 돌고 돌아 계속됨을 알고 있기에 아쉽지만 안

타깝지는 않았다.

"행복해라."

그 말을 끝으로 몸을 돌렸다.

"당신은 행복한가요?"

누군가 내 옷깃을 잡았다. 그리고 나에게 물었다. 나는 천천히 고개를 돌렸다.

"그래."

내 뒤에는 그녀가 있었다. 내 떨리던 눈이 천천히 차분하게 가라앉았다.

나의 감정을 아직도 이토록 흔드는 여인은 사라뿐일 것이다.

"늙었군."

내 말에 그녀는 부드럽게 웃었다.

"그러는 당신은 하나도 변하지 않았군요. 그 불량해 보이는 머리 색깔만 빼면."

"아줌마가 다 되었어."

사라의 미소는 여전히 아름다웠다. 나 역시 그 미소에 미소로 화답할 수 있었다.

"남편은 잘 있나?"

"네, 그이는 너무 건강해서 탈이니까요."

검룡이 시들시들하면 말이 되지 않는다. 내가 인정할 만큼 뛰어난 검사였으니 말이다. 그는 정신적으로나 육체적으로

나 완성된 검사였다.

"너의 아들을 보았다. 이름을 잘 지었더군."

"그, 그래요?"

그녀의 머리에 막혀 있던 마력이 사라져 있다. 그녀는 기억을 되찾은 모양이다. 그럼에도 검룡을 진심으로 사랑했다. 이제는 질투라는 감정을 떠나 부러움을 느꼈다.

시기하지는 않았다. 아름다운 사랑을 하는 자들은 축복해주는 것이 당연했다.

"제가 당신에게 해줄 일은… 당신을 기억하는 일밖에 없으니까요."

"기쁘군."

진심을 담아 웃을 수밖에 없었다.

"너와 네 가족들이 살아갈 이 세상, 마음에 드나?"

"네. 무척이나."

나는 눈을 감았다. 그리고 모든 미련을 버리고 다시 눈을 떴다.

부드러운 공기가 주위를 휘감고 있었다.

"근데 어떻게 날 찾았나?"

그녀는 고개를 갸웃거렸다.

"어떤 흰 검이 당신 위에 보였어요."

"그렇군."

이제는 떠날 시간이다.

나는 부드럽게 웃어주고는 등을 돌렸다.

"저, 당신을 기억 못해서 미안해요. 그리고 고마워요."

"나는 유부녀에게는 흥미없다."

손을 휘저어주고 발을 떼었다.

"사라, 잘 지내라."

내가 짊어진 이 세계에서 행복해라.

그것을 마지막으로 나는 뒤돌아보지 않고 걸어갔다. 사라 역시 나를 잡지 않았다.

'다행이다.'

그녀가 행복해 보여서 다행이다.

그녀가 불행했더라면 난 이렇게 웃을 수 없었을 것이다. 나는 또다시 사라의 행복을 염원했다.

나는 마계로 돌아와 마왕성으로 귀환했다. 레이첼이 가장 나를 먼저 반겼다.

"이곳의 생활은 어떤가?"

"빨리도 물어보시네요."

레이첼은 고개를 설레설레 내젓고는 한숨을 푹 쉬었다.

"해야 할 일이 많긴 하지만 즐거워요. 천족들과는 사이가 안 좋아서 말썽이긴 하지만. 우리를 보고 뭐라고 하는 줄 알아요? 박쥐래요. 자기네들은 비둘기면서."

"성격이 변했군."

그러자 그녀는 살짝 얼굴을 붉혔다. 손가락을 꼼지락거리는 것이 여간 귀여운 것이 아니었다. 어둠이 사라지고 그녀는 더욱 순수해진 것 같았다.

나는 그것이 고마웠다.

"프린님과 노바님을 만나보셨나요?"

"모두 건강하더군."

내 말에 그녀는 부드러운 미소를 그렸다.

"나는 쉬어야겠어. 잠을 잘 테니 방해하지 마라."

그동안 쉬지 않고 달려왔다. 이제는 긴 휴식을 취하고 싶었다. 어둠이 차올라 나를 깨울 때까지 잠을 잘 것이다. 복잡한 마음을 차분하게 가라앉힐 것이다.

"언제 깨어나실 건데요?"

"천 년 정도 잘 예정이다."

"네?"

레이첼의 벙 찐 표정도 볼 만했다.

"사고 치지 말고 잘 지내라. 인간계에 나가도 좋다. 하지만 영향을 줄 일은 하지 마라."

"알겠어요. 걱정 마세요."

나는 나를 위해 만든 신전으로 걸어갔다. 레이첼이 나를 따라왔다. 신전 안으로 들어가 그 중앙에 서서 공간을 찢었다.

"안녕히 주무세요."

"그래."

그 안으로 들어갔다. 아무것도 보이지 않고 들리지 않은 공간에서 조용히 눈을 감았다.

많은 추억을 정리하고 서서히 의식을 지워갔다.

나는 잠에 빠져들었다.

Chapter 05
천 년이 지난 후에

　기분 나쁜 느낌이 전신을 타고 퍼졌다.

　온몸에 끓어오르는 어둠에 의해 눈을 떴다. 겹겹이 해놓았던 봉인은 이미 찢겨진 지 오래였다.

　암흑이 아공간을 가득 채우고 있었다. 머리를 어지럽히는 파괴에 대한 갈망을 억누르고 아공간 밖으로 나왔다.

　“후우……..”

　천 년은 족히 잔 것 같다.

　신전의 모양이 많이 달라졌다. 더 넓어지고 높아졌다. 훨씬 웅장한 모습에 나는 시선을 빼앗겨 버렸다. 조각품들마저 굉장한 장인 정신이 느껴졌다.

“음······.”

어둠이 몸을 비집고 나온다.

흥분과 쾌감을 가져다주지만 나는 이것이 옳지 않음을 알고 있다. 이것에 흔들리면 안 된다.

탁─

“아······.”

누군가 멍하니 나를 바라보다가 바닥에 물건을 떨어뜨렸다. 마족으로 보이는 소녀였다. 깔끔한 옷을 입고 있었는데 신관의 분위기가 났다.

“마, 마······.”

“이봐.”

“마신께서 강림하셨다!”

굉장한 목청이었다. 신전을 울리고 내 귀마저 멍하게 할 정도였다.

나는 몸을 풀며 신전의 중앙에서 걸어나왔다. 넘실거리는 마력이 온몸에 힘을 가져다주었다. 자신을 쓰라고 나에게 속삭이고 있다.

굉장한 목청으로 떠드는 소녀를 바라보며 입을 떼었다.

“조용히 해.”

정신력으로 암흑을 억눌렀다. 신전의 문을 열고 밖으로 나왔다.

보랏빛의 하늘이 나를 반겼다.

수많은 마족이 신전 앞에 몰려와 있는 것을 발견했다. 모두 내 모습을 보고 놀라며 무릎을 꿇고 머리를 조아렸다.

"마신이시여! 간악한 천족들을 벌하여 주시옵소서!"

늙은 마족이 내 앞에 조아리며 그렇게 말했다. 방대한 마력이 느껴지는 것을 보아 상당한 위치의 마족인 것 같았다.

"간악한 천족? 재미있는 소리를 하는군."

나는 그를 지나쳤다. 저 멀리서 레이첼이 달려오는 것이 보였다.

"마스터!"

그녀는 변함없는 모습으로 나를 맞이했다. 반짝반짝 빛나는 두 눈으로 나를 바라보았지만 근엄한 표정으로 그 노인과 마족들을 바라보았다.

"일장로. 물러가게. 모두 물러가라!"

"아, 알겠습니다, 마왕이시여."

마왕?

마계를 다스리고 있으니 마왕이라 불리는 것은 어찌 보면 당연했다.

레이첼은 나를 보며 어린아이처럼 웃었다. 성격이 많이 변한 레이첼이었다.

"보고 싶었어요! 1,600년 만이네요."

"1,600년이라……. 오래도 버텼군."

아마 천계 녀석들이 수고를 많이 했을 것이다. 예상보다 육백 년 정도 내가 깨어날 시기가 늦추어졌으니 말이다. 레이첼은 나를 마왕성으로 안내했다.

으리으리하게 변한 마왕성이 보였다. 굉장히 커다랬다. 어두침침했지만 그 위용은 정말 대단한 것이었다. 레이첼은 자랑스럽다는 듯 어깨를 펴고 앞장서 마왕성으로 들어갔다.

"마, 마왕 폐하! 문을 열어라!"

문을 지키던 마족이 다급히 문을 열라 지시했다. 정원을 지나 마왕성 본궁 안으로 들어가니 굉장히 화려한 실내가 보였다.

"굉장하죠?"

"너, 신나 보이는군."

"그럼요. 1,600년 동안 일에 시달려 정말 죽어버릴 것 같았어요."

어린애처럼 징징거리는 레이첼의 모습에 한숨이 나왔다. 전에는 분명 굉장히 정중하고 예의가 있었는데, 어린애 같이 변해 버리다니 충격이 상당했다.

그래도 나쁜 모습은 아니기에 받아들일 수 있었다. 나의 영향에서 어느 정도 벗어난 것이겠지.

"마왕님!"

마족 늙은이가 헐레벌떡 레이첼에게 뛰어왔다.

"어딜 그렇게 돌아다니시는 겁니까! 처리해야 할 서류가 아주 산더미처럼 쌓여……."

그러다가 내 모습을 보고 갑자기 덜덜 떨기 시작하더니 내 앞에 엎드렸다.

"마, 마신이시여!"

확실히 내 몸을 비집고 나오기 시작한 암흑은 저들에게는 두려울 것이다.

"일어나라."

바짝 긴장해서 일어났다. 레이첼은 내 뒤로 숨었다. 차마 뭐라 말하지 못하는 늙은이였다.

"처리할 서류가 많나 보군."

"네? 그, 그렇긴 한데……."

"나는 분명 말했다. 이 마계를 잘 다스리라고."

"윽!"

레이첼의 목덜미를 잡고 늙은이 앞에 던졌다.

"가져가라."

"네? 아, 알겠습니다! 마왕 폐하! 어서 가시지요!"

"마, 마스터!"

애절하게 나를 부르는 레이첼의 시선을 무시했다.

'1,600년 동안 나이를 거꾸로 먹었군.'

머리가 조금씩 아파왔다. 주위에 시녀로 보이는 마족들이 힐끔거리며 나를 바라보다가 시선이 마주치자 벌벌 떨며 머리를 조아렸다.

나는 크게 호흡하며 삐져나오는 암흑을 몸에 눌러 담았다.

“마신이시여!”

아까 전에 나에게 말을 걸었던 일장로가 내 뒤에 엎드려 있었다. 마침 궁금한 것도 있고 해서 그를 일으켜 세웠다.

“물어볼 것이 있다.”

암흑이 강대해져서인지 달과의 접속이 약해졌음을 느꼈다. 새로운 정보를 받아들이는 데 무척이나 불편했다. 암흑이 계속 정신을 침범하여 달과의 접속을 유지할 수 없었다.

직접 물어보는 편이 빠를 것 같았다.

“여, 영광입니다.”

“장소를 옮기지.”

그는 굉장히 긴장하며 나를 안내하기 시작했다. 그가 안내한 곳은 무척이나 화려한 방이었다. 사치품들이 가득하고 푹신해 보이는 침대와 비싸 보이는 테이블이 있었다.

“부디 누추하지만…….”

“좋은 방이군.”

“화, 황송하옵니다.”

나는 테이블 앞에 있는 의자에 앉았다. 멀뚱멀뚱 서서 어쩔 줄 몰라 하는 일장로를 보며 입을 떼었다.

“저 의자에 앉아라.”

“어, 어찌 감히 제가…….”

“앉아라.”

쭈뼛거리며 의자에 앉았다.

"천족과 사이가 안 좋은가?"

"망할 비둘기 자식! 죄, 죄송합니다! 죽여주시옵소서!"

"계속해라."

일장로는 헛기침을 몇 번 하더니 다시 말을 이었다.

"천족이……."

그가 말해준 바에 따르면 천족과 마족은 서로 잡아먹지 못해 안달이라고 한다. 얼마 전에는 천마대전이 벌어지기도 했고, 지금도 가끔 싸움이 발생한다고 한다.

그 기운 자체가 다르니 서로 마음에 안 들어하는 것은 당연했지만 대규모 싸움까지 일으킬 줄은 몰랐다. 천계와 마계의 게이트가 생긴 모양이고, 가끔씩 서로 침범하는 것 같았다.

다행인 점은 인간계에게 미치는 영향은 극히 적다는 점이었다. 이들도 지성을 지닌 존재들이니 싸움 정도는 할 수 있겠지.

애들은 싸우면서 크지 않는가?

내가 조금 관대해진 느낌이 들었다.

"그렇군. 인간계는 어떠한가?"

가끔 인간계에 마족들이 올라가긴 하지만 드래곤이나 천족들에 의해 제지받는 모양이다. 그게 더 약이 올라 천족을 맹렬히 싫어하는 눈치다.

"물러가라."

"그, 그럼 편히 쉬십시오."

끝까지 긴장하며 쭈뼛거리며 물러났다. 나는 일단 내 내부를 컨트롤할 겸 눈을 감았다.

내 몸을 꽉 채우고 있는 어둠이 내 정신을 계속해서 공격했지만 나는 버텨낼 수 있었다. 내 몸에는 빛이 없지만 내 정신은 여전히 빛나고 있다.

하루를 꼬박 내 몸을 관조하며 흘려보낸 것 같다.

내가 눈을 뜨자 레이첼이 내 앞에서 나를 바라보고 있었다.

"일은 끝마쳤나?"

"네? 아, 네."

"그렇군."

나는 레이첼의 머리를 쓰다듬어 주었다. 레이첼은 웃으며 내 손길을 음미했다. 그러다가 난 힘을 주어 레이첼의 머리를 바닥으로 세게 밀었다.

"꺄악!"

"어째서 천족과 싸운 거지?"

"으으……."

땅과 부딪친 이마를 부여잡으며 나를 바라보았다.

"천계가 나쁜 거예요. 우리에게 지옥을 맡길 수 없다면서 대들지 않겠어요? 그래서 우리의 힘을 보여주었죠."

"말로 해결할 수 있지 않았나?"

"그, 그렇지만 말이 통하지 않는 작자들이에요, 특히 그 케이아스는. 매일 아버지의 유지 어쩌고 하면서 우리를 눈엣가

시로 본다구요."

"후, 레이첼. 넌 나이를 거꾸로 먹나?"

긴 세월이 흐르긴 했다. 노망이 든 것인가?

지옥의 봉인이 아슬아슬하게 지켜지고 있었다. 이대로 가면 백 년도 지나지 않아서 봉인이 풀릴 것이다. 행성에서 모인 암흑이 포화상태에 이르러 가고 있다.

나는 자리에서 일어났다.

"천계에 가야겠다."

"네?"

"말썽 피우지 말고 마계를 잘 다스려라."

애를 하나 키우는 느낌이다. 1,600살 이상 먹은 늙은 애 말이다.

나는 공간을 찢어 천계로 가는 게이트를 열었다. 게이트로 들어가자 순식간에 천계에 도달할 수 있었다. 천계와 마계는 내 아공간이었기에 나에겐 이동이 너무나도 자유로웠다.

천계는 빛으로 충만했다. 마계와는 전혀 다른 느낌이다. 푸른 하늘 아래 아름다운 풍경이 펼쳐져 있었다. 그리고 저 멀리서 어마어마하게 큰 나무가 보였다.

코스모스였다.

"어서 오십시오, 모든 존재의 창조주시여."

"코스모스?"

여성체의 모습을 하고 있는 존재가 나를 맞이했다. 내 암흑

에 눌려 벌벌 떠는 천족들을 뒤로 물리고 나를 맞이한 것이
다.

코스모스의 안내를 받아 코스모스의 본체가 있는 곳으로
다가갔다. 그녀가 손짓하자 나무가 엮이더니 앉을 수 있는 의
자가 생겼다.

그녀는 싱긋 웃으며 차를 꺼내왔다.

"아버지!"

케이아스가 저 멀리서 날아왔다. 코스모스가 째려보자 찔
끔하며 뒤로 주춤 물러났다. 마치 엄마에게 혼나는 아들 같아
보였다.

"오, 오랜만입니다."

"그렇군. 마족들과 싸웠다지?"

"그, 그게……."

코스모스는 싱긋 웃으며 차를 권했다.

"아마 마족들에게 그런 중책을 맡기신 것이 질투가 난 것
이겠지요."

"지옥을 지키는 것 말인가?"

"그래도 사상자가 난 경우는 극히 드뭅니다. 보통 싸움은
제가 만들어낸 허무의 공간에서 치르는데, 부상을 입을 경우
바로 속한 곳으로 돌아가지요."

"그대가 중재를 했군. 수고했다."

그녀는 얼굴을 붉히며 기뻐했다. 아마 내가 만든 것 중에

가장 올바른 사고관을 지닌 존재는 코스모스일 것이다.

"아버지, 저는 아버지를 위해서……."

"알고 있으니 조용히 해라. 머리가 울린다."

"으, 윽! 네."

코스모스가 건넨 차는 맛있었다. 천계의 향이 나는 것 같았다.

"암흑이 강해졌군요. 때가 된 것인가요?"

슬픈 눈으로 나를 바라보는 코스모스였다.

"그래. 이번에 암흑을 없애면 만 년은 버틸 수 있지 않을까?"

"만 년, 그것은 분명 오랜 세월이겠지요."

코스모스는 진심으로 나를 걱정했다. 그녀는 자신의 본체에 손을 대더니 흰 로브를 꺼내 나에게 건넸다.

"빛으로 짠 로브예요. 밖으로 나오는 암흑을 어느 정도 막아줄 것입니다."

나는 그것을 받아 들고 바로 입어보았다. 빛이 조금씩 탁해지고 회색빛으로 변했다. 로브에 담긴 빛이 어둠과 싸우며 그것을 억누르고 있었다.

"성검의 기운이 느껴집니다."

"그렇군."

인간계에서 성검이 강렬한 존재감을 뿌리고 있었다. 마치 나를 부르는 것 같은 그런 파장이었다.

"인간들도 아버님의 뜻을 알아주었으면 좋겠어요."

나는 미소 지었다.

"앞으로도 이곳을 잘 다스려다오."

"걱정하지 마세요."

나는 자리에서 일어나 손을 뻗어 그녀의 머리를 쓰다듬었다. 코스모스는 상당히 부끄러워했다.

나는 케이아스를 바라보며 입을 떼었다.

"말썽 피우지 마라."

나는 등을 돌렸다.

이제는 인간계로 가서 이 일을 끝마칠 차례였다.

인간계로 향하는 게이트를 열고 그 안으로 들어갔다.

오랜만에 인간계의 대지를 밟았다. 1,600년이란 세월은 인간들에게는 무척이나 긴 세월일 것이다. 아마 내가 벌였던 전쟁도 역사 속으로 사라졌겠지.

"좋은 공기군."

주위에 날아다니던 정령들이 내 등장에 화들짝 놀라며 도망쳤다.

"그럼 어디서부터 시작해야 할까?"

일단 성검을 찾아야 했다. 성검이 존재감을 내뿜는 것을 보면 스스로 주인을 찾은 것이 분명했다.

나는 성검이 있는 곳을 향해 이동했다. 성검이 있는 곳은 거대한 도시였다. 이 도시 안에서 성검의 기척이 느껴졌다.

"상당히 크군."

과학이 발달한 것처럼 보이진 않지만 상당한 문명을 자랑하는 도시였다. 항구를 끼고 있어 제법 상업이 발달한 것 같았다.

마법을 쓰면 쓸수록 정신력의 소모가 생겨 어둠을 억누르는 데 힘겨워졌다. 되도록 마법을 쓰는 것은 자제해야 했다.

도시 입구로 다가가자 늘 그렇듯 경비가 오가는 사람들을 지켜보고 있었다. 신분 조회 같은 것은 하지 않아 나를 막지는 않았다.

"음, 이쪽인가?

성검의 기운을 쫓아 거리를 걸었다. 잘 포장된 도로를 달리는 마차도 보였고, 여행객과 상인들의 활발한 모습도 보였다.

시끌벅적한 것이 개인적으로 마음에 들었다. 인간은 시끄럽게 사는 것이 옳았으니까.

"많이 바뀌었군. 1,600년. 그럴 시간이지."

지형 자체가 바뀌진 않았지만 내가 알고 있던 도시의 대부분이 사라지고 새로운 도시가 들어선 것 같았다. 하기야 그만큼 시간이 지났으니 당연한 것이겠지.

"시간의 흐름을 느끼지 못하는 것은 슬픈 일이다."

나는 늘 그대로 존재했다. 나이를 먹지도 않고 죽지도 않았다. 모든 것을 기억하고 끝까지 버텨야 할 의무가 있다.

성검의 기척을 쫓다 보니 어느새 조금은 허름한 집들이 있는 곳까지 도달했다.

가난인가?

화려한 도시와 대조적인 그런 부분이었다. 나는 그 허름한 집 중에서도 거미줄이 잔뜩 쳐져 있는 집을 향해 다가갔다.

"빛이로군."

창문이라고는 찾아볼 수 없는 집에서 열려진 문 사이로 빛이 흘러나오고 있었다.

그것은 성검의 기운. 세상에서 가장 순수한 빛의 기운이었다. 안으로 들어가 보니 바싹 마른 여인이 갓난아기를 안고 죽어 있었다.

정신을 찾으려고 애쓴 흔적이 몸 곳곳에 있었다.

지금은 겨울이었다. 눈이 오지는 않았지만 날씨는 영하로 떨어져 있었다. 이런 추위에 굶어 죽는 고통은 상상을 초월할 것이다.

흰 천에 싸여 꼼지락거리는 아이가 보였다. 손등에 검 모양의 문신을 새기고 있었다. 성검과의 링크가 이어진 것을 발견했다.

성검은 이 아이를 고른 것이다. 이 세계를 창조하는 데 큰 도움을 준 마스터 코드, 그 의지는 존중받아야 했다.

"음……."

그것뿐만 아니었다. 그의 파장은 늘 기억하고 있었다. 목숨을 걸고 나를 탈출시킨 명예로운 기사. 질풍의 칼날이라 불렸던 사토.

그와 닮은 파장이 저 아이에게서 느껴졌다.

창조된 세계를 떠다니며 생명으로 잉태되는 그의 영혼의 조각 중 하나였다.

'후, 우리의 인연은 끝난 것이 아니야.'

나는 아이를 조심스럽게 안아 들었다. 따듯한 내 체온을 느꼈는지 아이는 웃어주었다.

가슴속에 있는 어둠도 지금 이 순간만큼은 잔잔해진 것 같았다.

세월은 빠르게 흘렀다.

나는 아이가 성검을 잘 다룰 수 있도록 키워야 했다. 매정하게 들릴지는 모르지만 굉장히 힘들지도 모르는 길을 가야 했기에 나는 아이가 사물을 분간할 수 있을 나이가 되었을 때 목검을 들렸다.

"하앗!"

탁!

"카일, 그것이 아니다."

내 앞에서 목검을 휘두르고 있는 푸른 머리 소년. 나의 아들이라 부를 수 있는 이 아이를 키운 지도 벌써 13년이 지나갔다.

나는 초조해하고 있다. 어둠이 점점 강해지는 것이 내 온몸
으로 느껴졌기 때문이다.

이 아이와의 지낼 시간도 이제 얼마 남지 않았다.

"으으, 이번엔 성공할 줄 알았는데."

"벌써 성공했으면 네가 지금 기사가 되었겠지."

"그런가요?"

카일의 자세를 교정해 주었다. 재능이 뛰어나서 또래에 찾
아볼 수 없는 실력으로 성장했다.

"하압!"

날카로운 찌르기를 목검으로 내려쳤다. 딴에는 기습을 한
다고 한 것이지만 너무 움직임이 뻔히 보였다.

"아직 멀었다."

"쳇, 필살기였는데."

"좀 더 그럴듯한 필살기를 써보는 것이 어때?"

"이것도 이틀 동안 준비한 거예요."

나는 피식 웃으며 목검을 내려놓았다.

"그래, 수고했다."

카일의 머리를 쓰다듬어 주었다.

내가 카일과 같이 생활하는 곳은 자그마한 마을이었다. 촌
이라고 부를 수 있는 마을에 작은 오두막을 지어서 그렇게 생
활하고 있다.

"오늘 검술 훈련은 여기까지 하자."

"히히, 그럼 놀러 갔다 와도 돼요?"

"그래. 하지만 산에 올라가서는 안 돼."

카일은 과장되게 주먹을 쥐어 보였다.

"걱정 마요! 난 강하니까!"

"후, 카일. 제발 말썽 피우지 마."

"알았어요! 갔다 올게요!"

순식간에 사라지는 푸른 말썽쟁이를 보며 나는 또다시 살짝 한숨을 내쉬었다.

"녀석……"

어깨까지 내려온 내 푸른 머리가 보였다.

카일의 부모에게는 미안하지만 나는 카일의 친아버지가 되어야 했다. 카일에게 어머니는, 그러니까 내 아내는 병으로 세상을 떠났다고 알려주었다.

이 마을의 사람들은 어머니 없이 자란 카일을 많이 예뻐해 주었다. 참으로 좋은 사람들이 있는 마을이다. 그렇기 때문에 내가 이곳에 정착한 것이다.

나는 아기자기한 오두막을 바라보다가, 오두막 옆에 있는 텃밭으로 시선을 돌렸다. 싱싱한 채소들이 가득한 텃밭은 풍요로움의 극치였다.

정령들을 이용해서 기른 채소니 당연했다. 바구니를 가지고 와 채소를 따 담기 시작했다.

돈이라면 넘치도록 있지만 작은 마을이다 보니 물자가 풍요롭지는 못했다. 내가 키운 것을 마을 사람들에게 나누어 주기도 하며 나는 그렇게 잠시간의 평화를 누려왔다.

"저 아이인가요?"

"그래."

흰 손이 다가와 내 앞에 있는 채소를 따서 바구니에 넣었다. 코스모스는 깨끗하고 고운 흰 손이 더러워지는 것을 상관하지 않고 나를 도왔다.

"강한 아이다. 감당하기 힘든 시련은 아닐 것이다. 하지만……."

나는 말을 잇지 못했다. 카일은 내 아들이다. 내 친아들과 다를 바 없다. 그런 아이에게 시련을 주는 것은 참으로 생살을 찢어내는 고통이다.

잠시 침묵이 흘렀다.

"순수한 아이예요. 빛을 지닌 아이."

"어디서 뭘 들었는지는 모르지만 자기는 용사가 될 거라 말하더군."

마왕을 무찌르는 용사의 이야기, 그것에 관한 연극과 소설, 그리고 동화들은 널리 퍼져 있는 문화 중 하나였다.

연극 속에서 마왕은 세상에서 가장 악랄한 모습을 하고 있었다. 세상을 집어삼키기 위해 거대한 입을 지닌 괴물로 말이다. 수준 높은 소설이나 연구 자료에서도 그와 비슷한 형상으로 묘사했다.

"성검의 용사, 꽤나 어울리겠지?"

나는 채소를 담은 바구니를 끌어놓은 물이 있는 웅덩이에 가서 씻었다. 마력로를 민감하게 만들기 위해서는 육식보다는 채식 위주의 생활을 해야 했다.

손질한 채소를 잘 정리해 놓았다.

"대륙에 알려라. 마왕의 재림이 이루어질 것이라고."

"떠들썩해지겠군요."

"그래, 대륙을 쓸어버렸던 마왕이다. 그런 마왕이 다시 강림한다고 하니 한동안 소란스러울 테지."

나는 시련을 줄 수밖에 없지만 그 대가는 누구보다 더욱 많이 부여할 것이다. 카일이 받을 시련, 그것을 이겨내고 나에게 도달한다면 대륙의 그 어떤 사람보다 더욱 명예롭게 이름을 남기게 하고 누구보다 더 행복한 삶을 누리게 할 것이다.

"각 계를 책임지고 있는 아이들에게 알려라. 회의를 시작하겠다."

"네. 이미 대기 중입니다. 장소는 실버 마운틴이 적당하겠지요?"

"그곳이라면 드래곤 레어가 있는 곳이군."

"네. 아무래도 인간계에서 벌어질 일이니 가장 중립적인 지역에서 회의를 하는 것이 좋을 것 같아 그렇게 했습니다."

코스모스는 내가 창조한 아이들 중 가장 큰딸 같은 느낌이다. 내 생각을 잘 이해하고 따르는 것을 보면 많이 의지가 되었다.

카일이 돌아오기 전에 회의를 끝마칠 요량이다. 내가 코스모스와 함께 실버 마운틴에 도착하자 많은 인원이 나를 마중 나왔다.
모두 내 앞에 다가와 정중히 예를 취했다.
"어서 오십시오, 모든 이의 아버지시여."
"네가 드래곤의 수장이군."
"골드 드래곤 칼베로스이옵니다."
백발의 인상 좋은 노인이 부드럽게 웃으며 그렇게 말하더니 한차례 더 고개를 숙였다.
그의 뒤에서 예를 차리고 있는 드래곤들이 보였다. 사람의 형상을 하고 있지만 강대한 마력을 품고 있는 존재들이다.
인간계의 균형을 담당하는 존재.
중간자의 역할을 충실히 하고 있는 존재들이다. 감히 내 눈을 바라보지 못하고 긴장한 듯 떨고 있었다.
"그렇게 떨 것 없다. 너희는 자신의 역할을 참으로 잘해주었다."
"가, 감사합니다."
내가 손짓하자 스물에 이르는 드래곤이 쭈뼛거리며 자리에서 일어났다.
"천계와 마계는?"

"같이 있으면 아무래도 곤란해지기 때문에 조금 시간을 두고 회의장으로 오라고 했습니다."

현명한 판단으로 보였다. 모든 드래곤의 수장답게 일 처리를 매우 잘했다.

코스모스가 그들을 돌아보며 입을 떼었다.

"회의장으로 안내해 주세요."

"알겠습니다. 세계를 관장하는 찬란한 나무……."

"아버님도 있는데 너무 금칠하지 마세요."

드래곤 수장은 웃으며 고개를 끄덕였다. 둘은 잘 아는 사이로 보였다. 하긴, 긴 세월을 지내면서 각 대표와 알지 못하는 것이 더 이상했다.

"한 번에 이동하겠습니다. 텔레포트!"

텔레포트로 도착한 것은 실버 마운틴 내부에 있는 거대한 공간이었다. 화려한 장식물로 치장된 공간에 거대한 원형 테이블이 보였다.

가장 화려하고 거대한 좌석에 앉았다. 잠시 후 빛무리가 일어나며 천계와 마계 인사들이 회의장에 도착했다. 모두 나에게 먼저 극진한 예를 갖춘 다음 서열 순으로 서로에게 인사했다.

"흥, 비둘기 놈들. 오지 않아도 될 텐데 기어들어 왔군."

"이런, 박쥐들도 있었습니까? 어두워서 안 보였습니다."

"호오, 입만 산 것들이……."

레이첼과 케이아스는 서로를 바라보며 살기까지 일으켰다. 그들 뒤에 시립해 있는 고위 마족과 천족들 역시 기운을 뿜어냈다.

"그만!"

드래곤 수장 칼베로스가 힘을 담아 외쳤다.

"이 신성한 공간에서 무슨 짓들인가! 아무리 천왕과 마왕이라고는 하나 인간계에서의 소란은 금지되었을 터."

레이첼과 케이아스는 서로를 노려보다가 고개를 휙 돌리고는 자기 자리에 앉았다.

애들 싸움처럼 느껴져 한숨이 절로 나왔다.

거대한 마력의 유동이 느껴졌다. 나는 모두의 인상이 구겨지는 것이 보였다.

검은 머리카락을 지닌 사내가 공간을 찢고 나왔다.

"마룡 이그니지프……."

신음성과 함께 그의 이름이 언급되었다.

코스모스와의 사이가 미묘해 보였다.

그는 드래곤 중에서는 내가 최초로 만든 존재다. 어둠의 힘으로 만들기는 했지만 지옥으로 내쫓지 않고 그 힘을 정화시켜 마계의 입구에 머물게 했다.

이그니지프는 내 앞에 한쪽 무릎을 꿇고 고개를 숙였다. 그리고는 일어나 내 왼쪽에 앉았다.

레이첼이 이그니지프에게 뭐라고 하며 손을 흔들었지만

이그니지프는 간단히 그것을 무시했다.

과연 코스모스와 함께 마계의 중추를 책임지는 존재다운 포스였다.

"오랜만이군요, 이그니지프."

"……."

이그니지프가 아무 말 없이 자신의 말을 무시하자 코스모스는 작은 한숨을 쉬었다.

"정령왕들은 아직 자아가 덜 성숙해서 회의 명단에서 제외시켰습니다."

코스모스가 그렇게 말하고는 내 오른편에 앉았다.

"잘했다. 그럼……."

내 목소리가 울려 퍼지자 시끄러운 분위기가 차분하게 가라앉았다.

"회의를 시작하도록 하지."

회의 시작을 알리자 다들 열성적으로 발언을 하기 시작했다.

"가장 좋은 시나리오는 역시 동료들의 우정의 힘으로 시련을 극복해 가는 용사의 성장이 좋을 것 같습니다! 그 안에서 싹트는 사랑! 이 얼마나 멋진……!"

"시끄럽군."

이그니지프의 한마디에 주눅이 든 화이트 드래곤 수장이었다.

“일단 연출이 중요할 것 같습니다.”

“그러니까 어떻게 연출하자는 말이오.”

“음, 아무래도 우정의 성장이라는 테마가…….”

“이번 일은 장난이 아니오!”

“아, 저 비둘기 자식이!”

쾅!

코스모스가 테이블을 내려치자 시끄러운 분위기가 차갑게 가라앉으며 순식간에 조용해졌다.

“이번 일은 세계의 유지가 달린 매우 중요한 일이에요. 하지만 우리가 해야 할 일은 연극이기도 합니다. 대륙을 연극의 무대로 삼아 각본을 만들 필요가 있습니다.”

코스모스의 말에 다들 고개를 끄덕이며 동감했다. 이그니지프가 품에서 책 한 권을 꺼내 테이블에 올려놓았다.

“이건?”

“천 년 전의 인간이 쓴 소설이다. 제목은 용사와 마왕. 상당히 흥미로운 이야기지.”

이그니지프의 말에 칼베로스가 자리에서 벌떡 일어났다.

“오, 저도 읽어본 적이 있습니다. 이 작품의 작가는 그렇게 유명하지는 않았지만 상당히 수준 높은 문학가였지요. 음, 이 작품을 참조해서 각본을 짜면 될 것 같습니다.”

나 역시 고개를 끄덕였다.

내 심장에 성검을 찔러 넣기 위한 계획이긴 하지만 이 자리에 있는 그 누구도 슬퍼하는 기색을 하지 않았다. 카일이 겪게 될 아픔과 시련에 나의 마음이 아파왔다. 그것을 아는지 더욱 밝은 분위기를 만들기 위해 애쓰는 것이 보였다.

'아들아, 네가 살아갈 세상은 좋은 세상이란다.'

시련을 겪고 성장해 영웅이 되어라.

모두가 왁자지껄한 분위기로 만들어갔다.

이들은 알고 있었다.

나의 죽음이 영원한 것이 아니고, 오히려 긴 시간 동안의 해방을 의미한다는 것을. 장기간 동안 어둠에 해방된다면 후련할 것 같았다.

"그 역할은 너에게 전혀 안 어울리거든?"

"흥, 무슨 소리?"

서로 배역을 따내기 위해 다투었다. 이번 연극에서 좋은 배역을 따내 역사에 좋게 기록되고 자신의 이름을 높이고 싶어 했다.

이 세계에서 가장 높은 자들임에도 불구하고 내 눈에는 그저 애 같아 보였다.

Chapter 06
연극

차분한 준비 속에서 다시 몇 년이 지났다.

카일의 육체도 급성장해서 검술을 배우기에 적합한 몸이 되었다. 성검의 기운이 카일의 마력로를 끊임없이 뚫어주고 있었기 때문에 마력에 대한 걱정은 하지 않았다. 자신은 모르는 것 같지만 이미 마력적인 측면에서는 대단한 진보를 보이고 있었다.

마왕검을 개조해 카일에게 적합한 검술을 만들었다. 나는 최대한 자세하게 검술의 정수를 가르쳐 주었다.

아직은 이해하기 힘든 기색이 역력했지만 많은 일을 겪으며 성장해 대성할 것이다. 성검의 기운도 충만해지고 때가 되면 카일 손에 성검이 들릴 것이다.

육체는 완성되어 가고 있다. 하지만 정신적인 성숙은 아직 갈 길이 멀었다. 카일은 나약했다. 평화로운 풍경만 보고 자란 이 아이는 성검의 막대한 기운을 다루기에는 부족했다.

'시련인가.'

나는 조용히 눈을 감았다. 카일에게 닥칠 만들어낸 시련은 분명 힘겨울 것이다. 어쩌면 카일은 절망하며 주저앉을지도 모른다.

'성검, 네가 원망스럽군.'

성검은 무엇을 바라는 것일까?

정신적으로는 부족하지만 지금의 실력으로도 자기 몸 하나는 지킬 정도는 되었다.

이제는 조금 안심해도 되겠지.

"아빠, 왜 그래요?"

"뭐가?"

"혹시 옆집 소라 누나 때문에 그래요?"

내가 피식 웃자 카일은 환하게 웃었다.

"히히, 맞네! 소라 누나가 아빠를 좋아하는 건 마을 사람이 다 알 걸요? 이젠 엄마라 불러야 하나?"

"그런 일은 없다."

삼십대 초반의 모습을 하고 있는 나는 상당히 잘생긴 얼굴이었다. 가끔 마을 여자들이 뜨거운 시선을 보내기는 하지만 내가 그런 것을 받아들일 리가 없다.

"카일, 어쩌면 시련이란 것은 사람을 강하게 만들기 위해서 저 하늘에 있는 신들이 내려준 선물일지도 모른다."

"음, 잘 모르겠어요."

"네가 좋아하는 용사 이야기에서도 나와 있지 않느냐. 용사가 될 사나이는 시련을 받게 마련이지. 그것을 극복하고 결국 마왕을 물리치지."

"맞아요! 시련 따위는 이 카일님이 멋지게 물리쳐 주겠어요!"

나는 부드럽게 웃으며 카일의 머리를 쓰다듬었다.

"그래, 너는 멋진 영웅, 위대한 용사가 될 수 있을 거야."

"하하하, 누구의 아들인데요."

"누구긴 이몸의 아들이지."

카일의 웃음소리가 울려 퍼졌다. 나도 같이 웃으며 한가로운 시간을 보냈다.

카일과 매일 이렇게 웃고 떠드는 것이 좋았다.

오늘은 진정으로 좋은 저녁이라고 생각되었다.

그리고 가장 힘든 저녁이었다.

*   *   *

"마왕이 강림한다고?"

"그게 무슨 소리야?"

"도시에서 소문을 들었는데, 글쎄, 마왕 데이오스가 지상에 강림한다고……."

"에이, 그런 소리를 믿나? 허무맹랑한 전설이잖아, 그건. 자, 잡소리하지 말고 어서 일이나 하자."

카일은 나무를 패다 말고 마을 노인들이 하는 이야기를 듣고 있었다. 대부분의 젊은이들이 도시로 나가 일손이 부족한 이 마을에서 카일은 가끔 이렇게 일손을 거들기도 했다.

카일은 1년 전쯤부터 이 마을에 정착한 노인을 향해 다가갔다. 백발의 노인은 눈처럼 흰 로브를 두르고 있었다. 자신을 마법사라고 하긴 하는데, 마을 사람들은 다들 믿지 않는 눈치였다. 그도 그럴 것이, 그가 보여준 적이 단 한 번도 없었기 때문이다. 그저 상처에 좋은 약을 만들어 팔 뿐이었다.

"할아버지, 마왕이 강림한다고요?"

"음, 얼마 전에 레바톤에 갔다 왔는데 신관들이 하는 이야기를 들었다더구나."

"그럼 큰일이겠네요!"

칼베로스는 카일이 귀여운지 연신 웃으며 카일의 머리를 쓰다듬어 주었다.

"허허허, 그러게 말이다. 마왕이 나타나면 이 할아버지가 마법으로 무찔러 주마."

"에이, 할아버지. 마법사도 아니면서."

“엥? 누가 그러더냐.”

“다 소문났거든요?”

“크흠.”

칼베로스가 못마땅한 표정을 짓자 카일은 환하게 웃었다. 칼베로스도 결국 따라 웃고 말았다.

“그럼 저는 이만 가볼게요! 장작 다 패놨으니까 따듯하게 지내세요!”

“음? 카일, 보수는 받아가야지”

“괜찮아요! 그 정도 일이야 식은 죽 먹기예요!”

“허허허, 녀석 참 건강하군.”

칼베로스는 부드럽게 웃었다. 살짝 한숨을 내쉬자 그의 미소가 사라져 버렸다.

가라앉은 눈으로 카일의 뒷모습을 바라보았다.

집으로 향하던 카일은 이상한 감각을 느꼈다. 손등이 저릿하게 아파오며 심장에서 무언가 꽉 막혔던 것이 터져 나오는 느낌.

그것을 겨우 가라앉히고 집으로 향하던 카일의 두 눈이 크게 떠지고 말았다.

마을에서 치솟는 불.

그것이 보였기 때문이다.

“무, 무슨?!”

비명 소리가 가득 퍼졌다. 검은 로브를 입은 무리가 마구잡이로 마을을 파괴하고 있었기 때문이다. 마을 사람들은 덜덜 떨며 꽁꽁 묶여 있었다.

"그만둬!"

카일이 뛰어들었다. 허리에 손을 얹었지만 검을 가지고 있지 않았다.

'아차!'

집에 검을 두고 온 것이 생각났다. 검은 로브의 무리는 음산하게 웃으며 무기를 꺼내 들었다.

"푸른 머리, 음, 이 꼬마가 확실하군."

"마왕님 강림을 위해 죽어라!"

"마, 마왕?"

검은 로브를 입은 자들은 파괴적인 마법을 사용했다. 카일은 처음 보는 마법에 두려움을 떨었다.

"카일!"

"아, 아빠!"

카일의 얼굴이 환해졌다. 카일이 가장 강하다고 생각하는 자신의 아버지가 왔기 때문이다.

그는 검을 뽑으며 카일의 앞을 막아섰다.

"음, 고대 제국의 혈통! 네놈이 그 질풍의 칼날 사토로군!"

"네놈들은 마왕 신봉자?"

"이런 시골 마을에 숨어 있으면 우리가 찾아내지 못할 거라 생각했나!"

검은 로브를 입은 자 중 기이한 문양이 새겨진 로브를 입은 자가 걸어나왔다. 회색 가면을 쓴 괴인이었다. 그의 손에는 칠흑같이 어두운 검이 들려 있었다.

"우리는 천 년이 넘는 기간 동안 마왕께서 강림하시길 꿈꾸었다. 드디어 우리의 이상을 실현할 때가 온 것이다!"

음침한 목소리에 카일의 어깨가 떨렸다.

"나 마왕군 제1단장 이… 그나가 상대해 주마."

"카일, 도망쳐라!"

"하, 하지만!"

사토의 검이 순식간에 뽑혀져 나와 주위에 있던 검은 로브를 입은 자들을 쓰러뜨렸다. 시체는 검은 연기와 함께 스르륵 사라졌다.

이그나의 검은 검이 사토에게 쏟아져 내렸다. 인간으로는 보기 힘든 참격이었다. 간신히 검을 막고 있기는 했지만 그것도 한계에 다다른 듯했다.

"아빠!"

이그나의 검이 사토의 복부에 꽂혔다.

"크윽!"

사토의 몸이 무너져 내렸다.

"아빠!!"

카일이 아버지를 향해 달려가려고 했지만 카일을 잡아 세우는 손길이 있었다.

"하, 할아버지?"

"으음, 드디어 시작되었는가."

칼베로스는 가면의 사나이를 노려보다가 손을 뻗었다. 뿜어져 나간 무수한 마법이 지면을 강타했다.

"텔레포트!"

하지만 그것은 연막일 뿐이다. 텔레포트를 시전해서 카일과 함께 그 장소를 벗어났다.

*   *   *

"음."

쓰러져 있던 나는 자리에서 일어났다. 가벼운 환각을 걸어 나의 몸이 꿰뚫리는 것으로 보였겠지만 실제로 나는 상처를 입은 적이 없다.

"수고했다."

가면을 쓴 사내 이그니지프가 가면을 벗고는 살짝 한숨을 쉬었다. 묶여 있던 마을 사람들이 줄을 완력으로 끊고는 자리에서 일어났다. 본래 마을 사람들은 기억을 살짝 조작해 안전한 곳에 옮겨두었다.

"이그니지프님, 연기를 정말 못하시는군요."

솔직히 아슬아슬하긴 했다. 마을 사람이었던 코스모스가

일루전 마법을 풀고 그렇게 말하자 이그니지프의 미간이 좁혀졌다.

"남은 건 카일이 극복하는 일인가?"

내 말에 주위는 잠시 침묵이 자리 잡았다.

1년 전부터 마을 사람들로 변장해 카일과 같이 지내며 정이 많이 든 탓이었다. 단기간에 정신적인 성장을 이루려면 역시 이런 충격적인 방법이 효과적이었다.

마왕을 토벌하는 동기 부여도 될 수 있고, 여러 가지 측면으로 볼 때 좋은 계획이지만 역시 마음이 아팠다.

"용서해라, 카일."

내 말에 모두 잠시 살짝 고개를 숙였다.

"자, 그럼 카일은 드래곤 로드님께 맡기고 우리는 다음 계획 장소로 이동하지요."

코스모스의 지휘 아래 빠르게 움직이는 천족과 마족, 그리고 용족들의 모습이 꽤나 우스꽝스럽기는 했다.

"아, 다음엔 내 차례던가?"

"박쥐 여자, 실수하지 마라."

"네놈이나 잘하고 말하시지"

레이첼과 케이아스가 시끄럽게 굴기 시작하자 이그니지프가 들고 있던 검을 바닥에 찍었다.

"조용히 해라."

모든 것에 완벽을 추구하는 이그니지프로서는 자신의 연

기가 상당히 불만족스러운 것 같았다. 그는 마왕의 오른팔인 다크나이트 역할이었다.

시간을 가지고 지켜봐야겠다. 칼베로스는 카일이 잘 성장할 수 있도록 옆에서 도울 것이다. 적당히 꾸며낸 이야기도 들려주고 동기 부여도 확실히 해줄 것이다.

무대는 이미 완성되었다. 철저히 카일 중심으로 돌아가는 무대지만 대륙을 모두 속여야했다.

잠시간의 시간을 둔 뒤 카일이 있는 곳으로 이동했다. 카일이 있는 곳은 예전 제국의 수도가 있던 곳이다. 지금은 왕국의 도시가 들어서 있고, 마탑이 있는 곳이라 한다. 마법사들이 자신들의 발전을 위해 모여 만든 것이 바로 마탑이었는데 그곳의 수장이 바로 칼베로스였다.

실질적으로 그가 세운 조직이기도 했다. 원래는 인간계에서 균형을 깨뜨릴 만한 마법을 막기 위해서 만든 것이지만 지금은 마법을 연구하는 공간으로 바뀌었다.

1,600년 전에 비해서 마법의 질이 굉장히 떨어진 느낌이다. 행성의 직접적인 에너지 간섭을 거두어들임으로써 대기 중의 마나 농도가 절반 이하로 낮아졌기 때문이다.

마도 과학의 기술 수준도 상당히 떨어졌는데, 드래곤들이 위험성이 높다고 판단되면 적절히 개입했기에 그렇다.

그들은 나름 세계 평화를 위해 열심히 뛰고 있었다. 칼베로스가 카일에게 알려준 것은 마왕 신봉자들이 마왕을 강림시키려고 하는데, 그것에 가장 방해가 되는 성검 보유자를 사살하려고 한다는 것이다.

지금 카일의 상태는 반쯤 정신이 나간 상태였다.

'충격이 크겠지.'

안전하게 훈련시키고 안전하게 여행해서는 절대 성검을 다룰 수가 없다. 성검을 잡는 데 드는 정신력은 인간의 한계점에 도달해야만 하니까.

시련을 딛고 성장한 용사만이 쓸 수 있는 검이었다. 어쩌면 본래부터 힘을 지니고 태어나는 천계의 존재들은 성검을 잡을 자격이 없는지도 모른다. 그것 때문에 성검 스스로가 인간의 주인을 선택한 걸 수도 있다.

"멍청아! 언제까지 그러고 있을 건데?"

방문에 새어 나오는 목소리가 있었다. 날카롭게 날이 선 여인의 목소리. 그 목소리에 나는 칼베로스를 바라보았다.

"누구지?"

"허허, 제가 10년 전쯤에 거둔 아이입니다. 마법을 가르치려 했는데 영 소질이 없어서……. 오히려 몸을 쓰는 데 재능이 있는 아이라 여간 골치 아픈 것이 아닙니다."

왜인지 익숙한 목소리처럼 들렸다. 투명 마법이 걸려 있는 나는 천천히 방문을 열었다. 카일의 멱살을 잡고 있는 것은 금발의 소녀였다.

카일과 비슷한 나이 또래의 소녀. 가슴에 빛을 지닌 소녀 때문에 내 눈이 커졌다.

"하, 하지만 사라, 나 때문에 아빠가……."

펑!

"언제까지 울고 있을 거야? 그런다고 네 아빠가 살아 돌아 올 것 같아? 앙?"

"큭."

사라.

나는 한동안 계속 그녀를 바라보았다. 사라의 영혼이 느껴 졌다. 그녀 역시 이 갇힌 세계에서 수없이 나누어졌다 합쳐지 며 내 앞에 나타난 것이다.

1,600년이 지나도 그녀가 지닌 파장은 너무나도 감미롭게 나에게 다가왔다. 아무것도 기억하지 못한 채 가장 순수한 모 습으로 내 앞에 존재하고 있다.

그래, 우리의 인연은 끝이 없다. 무수한 가능성을 가지고 무한한 시간 안에서 다시 만날 수 있는 것이다.

"정신 차려서 마왕을 무찌르던가 해야 할 것 아냐?"

"내가 어떻게……."

펑!

"윽!"

"남자 놈이 질질 짜지 마!"

멱살을 잡혀 흔들거리는 카일이 안쓰럽기는 했다. 이것은 카일이 극복해야 하는 부분. 사라가 도움이 된다면 가만 놔두는 것이 좋을 것이다.

"복수해야지!"

"복수?"

"그래! 마왕이 강림하면 이 세계는 끝나는 거잖아! 그것도 막고 복수도 하고! 너, 용사가 되어야 하잖아! 성검 보유자라며?"

"성검, 그것 때문에 아빠가……."

사라를 따듯한 눈으로 바라볼 수밖에 없었다. 나는 그녀를 한동안 바라보다가 부드럽게 웃었다.

눈이 탱탱 부운 카일.

카일을 다그치는 사라.

그 광경에 절로 웃음이 그려졌다.

카일이 정신을 차린 것은 며칠이 지난 후였다. 나는 조금은 성숙해진 카일의 눈빛이 마음에 들었다. 아직 슬픈 기색이 역력하기는 했지만 카일은 더욱 강해지고 싶어했다.

"할아버지, 저 강해질 거예요. 제가 무엇을 해야 하죠?"

칼베로스는 진지하게 고개를 끄덕이며 한쪽 구석에 있는 상자를 열었다. 그곳에는 지도와 갑옷, 그리고 각종 여행 물품이 들어 있었다. 너무 준비한 티가 나지만 초보 검사인 카일을 위해서라면 어쩔 수 없었다.

심혈을 기울여 제작한 갑옷은 대부분의 충격으로부터 보호해 줄 것이다. 게다가 가볍기도 했다.

"마왕의 강림을 저지시키려면 세 가지 아이템이 필요하지."

헛기침을 한 칼베로스는 분위기를 잡으며 지도를 펼쳤다.

"크흠. 일단 태양의 눈물이라 불리는 최고급 마정석. 이것은 저 동쪽 끝에 있는 잊힌 왕국에 숨겨져 있다고들 하지."

"동쪽 끝이라면……."

"그래, 고대의 숲이 있는 곳이야."

예전에 신성왕국이 있던 자리다. 고대의 숲이라 불리는 곳은 아직 사라지지 않고 그대로 있는 모양이다. 악명이 자자해서 카일은 긴장하는 눈치였다.

"그리고 남쪽 카이론 산맥에 숨겨져 있는 달빛의 조각, 서쪽 소론 왕국 보물 창고에 있다는 별빛의 보석이 필요해."

"그것을 다 모아야 한다는 말인가요?"

"그래. 그것이 바로 용사의 길이지."

"근데 어떻게 숨겨진 곳을 다 아시는 거예요?"

"크흠, 그건……."

칼베로스가 당황한 듯 약간 허둥거렸다. 그런 기색을 지우고 다시 진지한 표정을 지었다.

"내가 마탑을 세운 이유가 바로 그 이유 때문이야."

"그, 그렇군요."

탕!

"영감님, 저도 같이 가겠어요!"

사라가 물품을 잔뜩 챙겨 들고 방 안으로 들어왔다. 칼베로스는 눈을 깜빡였다. 내 쪽을 쳐다보는 칼베로스에게 살짝 고개를 끄덕여 주었다.

"사실 꿈을 꾸었거든요. 성검을 지닌 용사와 여행하는 꿈. 아마 저는 용사의 선택된 동료인가 봐요."

아직 나이가 어린 사라였다. 사라는 열여섯 살의 꿈에 젖은 소녀였다. 그녀의 실력도 또래치고는 상당하다고 하니 괜찮을 것이다.

"음, 이것도 운명인 거겠지."

그렇게 말하며 고개를 끄덕이는 칼베로스였다. 사라가 불안했는지 아공간을 열어 사라의 것까지 챙겨주는 칼베로스였다.

그는 드래곤치고는 정이 아주 많았다.

"자, 가거라. 대륙의 미래는 너희들에게 달렸다."

"알겠어요! 반드시 강해져서 마왕을 저지하고 아버지의 복수를 할 거예요!"

"난 할아버지보다 더 유명해질 거야."

위풍당당하게 방 밖을 나서는 카일과 사라. 칼베로스는 그 모습을 보며 머리를 부여잡았다. 그들이 완전히 밖으로 나가자 자리에 털썩 주저앉았다.

“제법 연기가 되는군.”

“그, 그렇습니까? 크흠.”

아직 미숙한 꼬마들을 보조해 주는 것은 분명 고달픈 일일 것이다. 카일이 성장할 수 있게 도와주는 것이 지금 이 세계에서 가장 중요한 일이었다.

그렇기 때문에 각계의 대표자들이 와서 이 난리를 치는 것이다. 누가 더 잘하는지 내기가 오가는 걸 보면 참으로 은근히 즐기고 있는 것 같기도 하다.

동쪽은 마족, 남쪽은 용족, 서쪽은 천족이 맡기로 했다.

“그럼 나도 슬슬 준비를 해야겠군.”

아무래도 카일이 엇나가지 않게 잘 방향을 잡아주어야 하니 직접 동료가 되는 편이 좋았다.

어둠에 휩쓸리지 않게 천천히 주위의 마력을 이용해서 마법진을 띄웠다.

“폴리모프 셀프.”

보통 성인 남성보다 컸던 키가 작아지고 외견상으로 확실히 어려졌다. 카일과 비슷한 또래의 소년으로 바뀐 것이다.

거울을 보자 검붉은 머리를 지닌, 약간은 차가워 보이는 얼굴을 지닌 소년이 보였다. 준비된 옷을 입고 로브를 둘렀다.

“음, 잘 어울리시는군요.”

“그럭저럭 괜찮게 변했군.”

대체적으로 고위 귀족의 자제 같은 느낌이었다. 합류할 시점을 가늠해 보고 미리 연습에 들어가는 것이 좋을 것 같았다.

얇은 세검을 찬 다음 몇 번 휘둘러봤다. 대체적인 능력에서는 차이가 없지만 몸의 움직임이 조금 어색했다.

"서쪽으로 향한 모양입니다."

"합류 시점이 빨라지겠군."

"잘되었군요."

나는 고개를 끄덕인 다음 바닥에 마법진을 그렸다. 내 몸은 순식간에 왕국 소론의 수도로 이동되었다.

카일과 사라가 도착하기 전에 미리 무대가 될 소론 왕국을 둘러보았다. 서쪽에 위치한 소론 왕국은 자원이 풍부하고 농업이 발달한 국가였다. 독자적인 세력인 마탑과 가까이 있어 마법사의 숫자도 꽤나 많이 보유하고 있다고 한다.

대륙에 큰 영향력을 미치는 국가는 아니지만 그렇다고 무시할 수준의 국가도 아니었다.

"그런 국가의 보물 창고라……. 첫 퀘스트치고는 어렵겠군."

별빛의 보석이라……. 참 이름 한번 유치하게 잘 지은 것 같다. 원래 시나리오가 있었는데 열의가 대단해서 많이 변질된 모양이다.

그래도 마족에 비해서 비교적 얌전한 천족들이니 괜찮을
것이다.

"조금 불안해지네."

무대가 될 수도를 돌아보다가 본격적인 합류를 위해 카일
과 사라의 대략적인 위치를 가늠했다. 좌표는 미리 추출해 놓
았기에 따로 지도를 보거나 할 필요가 없었다.

어둠을 억누르는 데 대부분의 정신력을 쓰고 있어 달과의
접속을 하지 못하는 것이 조금 아쉽기는 하다. 고위 마법을
쓰는 데 복잡하게 마법진을 그려야 하는 패널티가 있다. 하지
만 그런 건 딱히 내가 약해질 이유가 되지는 않았다. 내가 약
해지는 것은 좋은 현상이지. 어둠이 약해진다는 증거이기도
하니 말이다.

"가볼까? 텔레포트!"

푸른빛이 일렁이더니 어느 산맥의 입구에 도착했다. 주위
에 많은 기척이 느껴지는 것으로 보아 천족들이 진을 치고 있
는 모양이다.

"저 멀리 오는군."

해가 질 때쯤에야 이 산맥의 입구로 도착할 것 같았다. 다
른 도로는 다 막아놓은 모양이니 어쩔 수 없이 이리로 온 모
양이다.

나는 적당한 곳에 자리를 잡고 장작을 모았다. 이 근방에서
는 숙소가 따로 없기 때문에 자연적으로 노숙을 할 수밖에 없

을 것이다.

노숙 경험이 없는 애송이들이니 챙겨줄 수밖에.

'남은 건 시간 때우기인가?

아공간에서 책 하나를 꺼낸 다음 읽기 시작했다. 밤이 찾아올 때쯤 접근하는 기척을 발견할 수 있었다.

"왜 도로는 다 막아놓은 거야?"

"진정해, 사라. 대규모 공사를 한다고 하잖아."

"그래도! 가까운 도로를 놔두고 산맥을 넘어가야 하잖아!"

꽤나 투덜거리고 있는 사라의 목소리가 들려왔다. 갑자기 발걸음을 멈추는 걸 보니 나를 발견한 모양이다. 둘 다 멈칫하다가 조심스럽게 다가왔다.

"저기……."

"무슨 일이십니까?"

"실례지만 쉬었다가 가도 될까요?"

나름 예의 바르게 물어오는 사라였다. 그녀의 모습에 웃음이 나왔지만 참아내고는 그녀와 눈을 마주쳤다.

사라는 나를 빤히 보다가 얼굴을 붉혔다.

"음, 괜찮습니다. 지금 막 불을 지폈으니 어서 앉으시지요."

"그, 그럼 실례할게요."

사라가 허둥거리며 앉자 뒤에 서 있던 카일이 나에게 다가와 살짝 목례했다.

“감사합니다.”

“별말씀을.”

나는 책을 덮고 카일을 바라보았다. 상당히 어수룩해 보여 초보 검사 티가 팍팍 났다.

사라 역시 마찬가지였다. 그녀도 검을 소지하고 있었다. 본래는 마법사 포지션일 테지만 마탑에서 자란 것치고는 다룰 줄 아는 마법이 거의 없는 육체파 소녀였다.

잠시 침묵이 자리 잡았다.

“그, 근데 소론 왕국의 수도까지 가시나요?”

카일이 물었다.

나는 부드럽게 웃으며 고개를 끄덕였다.

“네. 무슨 일인지는 모르지만 주요 도로에 대규모 공사가 한창이라 어쩔 수 없이 이 산맥으로 왔습니다.”

“그래요? 저희도 그래요! 이것도 인연이네요!”

사라가 눈을 빛내며 그렇게 말했다.

“그렇군요. 인연이지요.”

“잘됐네. 저희랑 동행하실래요?”

“저는 상관없습니다만 괜찮으시겠습니까?”

내가 카일을 바라보며 묻자 카일이 고개를 끄덕였다. 사라는 나를 빤히 바라보다가 입을 떼었다.

“제 이름은 사라예요. 이 녀석은 카일이구요. 귀족이 아니라 성은 없고 열여섯 살, 아, 아니, 이제 열일곱 살이에요! 비슷한 또래인 것 같은데······."

"제 이름은··· 레오스. 제가 한 살 더 많군요."

이 나이에 열여덟 살 행세를 하려니 조금 버거웠다.

"그럼 오빠네요! 나이도 비슷한데 말 편하게 해도 될까요? 카일, 그게 더 편하겠지?"

"응? 그, 그래."

카일이 얼떨결에 대답하자 사라는 물끄러미 나를 바라보았다.

"그럼 말 편하게 하도록 하자. 어차피 수도까지 동행할 거니 말이야."

"그래, 레오 오빠."

"레오?"

"응, 애칭이야."

내가 눈을 깜빡이며 카일을 바라보자 카일은 어색하게 웃으며 어깨를 으쓱했다.

"그건 그렇고, 무슨 일 때문에 수도에 가는 거야?"

"으, 음, 그건······."

카일이 눈치를 보았다.

"말하기 힘들면 말하지 않아도 돼."

"미안. 사정이 있어서."

"오빠는 수도에 왜 가는데?"

사라의 물음에 나는 웃으며 입을 떼었다.

"그냥 여행을 다니는 중이야. 견문을 넓히려고."

"어쩜……."

두 손을 포개며 나를 바라보는 시선은 정말 반짝반짝했다.

꼬르륵―

"하, 하하하."

"헤헤."

둘 다 배에서 꼬르륵 소리가 났다. 나는 한차례 크게 웃은 뒤에 음식을 꺼내 건네주었다.

"사라, 카일, 낯선 사람을 경계하는 습관을 들이는 게 좋아."

"응, 명심할게."

"그래도 덕분에 오빠랑 만나서 다행이야."

만난 지 얼마나 되었다고 친근하게 군다. 그보다 카일을 대하는 태도와 나를 대하는 태도가 무척이나 달랐다.

밤이 깊도록 우리는 많은 이야기를 나누었다. 사라 특유의 친화력 때문인지 굉장히 편한 사이가 될 수 있었다. 이 편이 나도 행동하기 편했기에 그에 맞춰주었다.

더군다나 사라와 하는 여행이니 꽤나 흥이 났다.

"음……."

"응? 왜 그래, 레오 오빠?"

"사, 사라! 저기 봐!"

숲 속에서 붉은 안광들이 보였다. 들짐승 냄새가 나는 것으로 보아 늑대 무리 같았다.

나는 타고 있는 장작을 손에 들고 검을 뽑았다. 그러자 사라와 카일도 허겁지겁 무기를 꺼냈다.

"카일, 사라! 무기를 다룰 줄 알지?"

"응, 검술이라면 자신 있어."

"나도!"

카일과 사라의 대답이었다. 말이 끝나자마자 늑대들이 어둠을 뚫고 달려들었다. 늑대의 숫자는 여섯 마리. 나에게 한 마리가 달려들고 카일에게 세 마리, 사라에게 두 마리가 달려들었다.

'적절한 배분이군.'

긴장하고 있는 카일이 보였다. 아무래도 실전은 처음이니 긴장하는 것은 당연했다.

"하압!"

하지만 배운 것이 어디 간 것이 아니었다. 빠르게 검을 놀리며 늑대들을 하나둘 바닥에 눕히고 있었다.

"으윽!"

늑대와 대치 중인 사라가 보였다. 사라가 검을 휘두르자 늑대가 검을 입으로 받더니 물고 늘어졌다.

사라가 거칠게 휘두르자 늑대가 튕겨져 나갔다. 아직 방어 자세도 취하지 않았는데 나에게 붙어 있던 늑대가 빠르게 달려들어 사라의 자세가 무너졌다.

　본래라면 충분히 대응할 수 있었겠지만 실전이 처음으로 보이는 사라는 잔뜩 긴장하고 있음이 분명했다.

　"꺄악!"

　늑대가 사라의 목덜미를 물어버리기 전에 내 검이 먼저 당도했다.

　촤악!

　늑대가 반으로 갈라지며 피가 사라의 몸에 쏟아졌다.

　"우웁!"

　몸이 떨리는 걸 보니 충격이 심한 모양이다. 카일은 거친 숨을 몰아쉬며 마지막 늑대를 힘겹게 마무리했다.

　"사라! 괜찮아?"

　"어? 으, 응."

　사라는 카일에 말에 화들짝 놀라며 대답했다. 카일 역시 손이 떨리고 있었다. 전투 후의 여운이라는 것을 처음 느끼는 카일은 아마 지금 침착함을 간신히 유지하고 있을 것이다.

　"카일, 늑대의 뒤처리 좀 부탁할게."

　"맡겨둬."

　나는 사라의 손을 잡고 가까운 곳에 있는 연못으로 향했다. 아직도 멍한 표정을 짓고 있는 사라의 피 묻은 얼굴을 손수건에 물을 적셔 닦아주었다.

　"아……."

　"괜찮아?"

"조, 조금 정신이 없을 뿐이야."

살짝 눈물이 맺혀 있는 것이 보였다. 나는 피식 웃으며 입을 떼었다.

"고마워. 네가 아니었으면 큰일 날 뻔했어. 사실 난 처음에 겁먹어서 아무것도 못했거든."

"거짓말."

나를 올려다보는 사라의 얼굴은 많이 앳되었지만 1,600년만큼 아름다웠다.

"자, 돌아가자. 카일을 도와줘야지."

"응!"

웃으며 대답하는 사라가 무척이나 귀여웠다.

Chapter 07
첫 번째 여행

"으으! 길을 잘못 든 거 아니야? 카일, 확실한 거야?"

"응. 지도에는 이쪽이라고 나와 있는걸."

아무리 봐도 정상적인 길로는 볼 수가 없었다. 험준한 바위, 가파른 능선, 울창한 숲.

지도를 보기 제대로 온 것 같은데 우리는 숲을 헤매고 있었다.

"산을 넘기 전에 지쳐 버리겠어."

사라의 말에 카일 역시 동감하는 듯 지도를 내려놓고 한숨을 쉬었다.

"방향은 맞는 것 같으니 일단 가보자."

“레오 형은 지치지도 않나보네.”

카일에 말에 나는 피식 웃었다.

“응? 카일, 레오 오빠! 여기에 동굴이 있어!”

사라가 발견한 것은 꽤나 큰 동굴이었다. 비석도 있었는데 그곳에 글귀가 쓰여 있었다.

수도까지 한 번에 갈 수 있는 길

나는 잠시 그것을 보고 멍한 표정을 지을 수밖에 없었다.

‘천족 놈들……’

카일은 미심쩍어하는 표정으로 비석을 바라보았다.

“수도까지 한 번에 간다고?”

“그보다 동굴에 들어가는데 어떻게 수도까지 한 번에 가는 거야?”

사라는 그렇게 말하고 나를 바라보았다. 나는 난감한 표정을 짓다가 간신히 입을 떼었다. 빨리 이유가 될 만한 것을 생각해 내었다.

“아, 아마 산맥 반대쪽까지 뚫려 있는 것이 아닐까? 어쩌면 던전인지도 모르지.”

“던전? 우, 우와! 그럼 안에 보물도 있겠네?”

“근데 레오 형, 던전에 이런 비석이 세워져 있어요?”

카일에 물음에 천족들을 원망하는 것을 잊지 않았다.

“그, 글쎄?”

“오빠, 일단 들어가 보자. 위험하면 도중에 나오면 되잖
아?”

“그래. 들어가 보자.”

내 말에 카일 역시 고개를 끄덕이며 동의했다. 그렇게 해서
동굴 안으로 들어갔다. 동굴 안에는 빛이 나는 수정이 박혀
있어서 상당히 밝았다.

“예쁘다.”

사라의 말처럼 아름다웠다.

“응? 형, 저기 조각상이 있는데?”

거대한 조각상이었다. 인간의 몸에 소머리가 달린 형태였
다. 거대한 도끼를 들고 있었는데, 마치 살아 있는 것처럼 무
척이나 생생하게 조각되어 있었다.

“소머리 괴물이다!”

“사라, 만지지 마! 위험할 수도 있어!”

“괜찮아, 카일. 돌덩어리가 뭐가 위험해?”

저 조각상에서 느껴지는 마력의 흐름이 심상치 않았다. 조
각상의 눈이 떠졌다.

“사라! 물러나!”

내 말에 화들짝 놀란 사라는 위를 바라보았다. 천천히 움직
이기 시작한 소머리가 사라와 눈을 맞추었다.

“소, 소, 소가 움직인다!”

“이쪽으로 달려!”

내가 그렇게 말하자 사라는 허겁지겁 나에게 뛰어왔다.

‘저건 너무 과하잖아?’

아무리 봐도 카일과 사라가 상대하기에는 무리가 있었다. 저 무지막지한 것은 천족이 준비한 것이 분명했다.

콰앙!

소가 발걸음을 떼었다. 그러자 들어왔던 입구의 돌들이 무너져 내렸다.

“꺄악! 이, 입구가!”

“어, 어떻게 하지?”

나는 검을 뽑으며 소에게 겨누었다.

“상대하는 수밖에 없잖아?”

“저거, 검이 통할지 의문이고.”

“저렇게 큰데.”

나는 소를 향해 한 걸음 앞으로 나갔다.

“카일, 너 용사를 꿈꾼다고 했잖아. 이 정도 시련은 가뿐하게 넘기라고.”

“시련?”

카일은 곰곰이 무언가를 생각하다가 거칠게 검을 뽑았다.

“그래! 이 정도쯤 가뿐하게 넘어가 주겠어!”

“하는 수 없지. 나도 도울게.”

호기롭게 검을 뽑아 드는 것까지는 좋았지만 아무래도 어떻게 공략해야 할지 막막한 모양이다.

"쉬이익!

"우, 우왁!"

거대한 도끼가 우리를 향해 내리찍어 왔다. 그렇게 빠르지 않아 피하기는 했는데 엄청난 파괴력을 보이고 있었다.

"저, 저것에 맞았다가는 단번에 골로 갈 거야."

카일의 표정이 창백해졌다. 공격의 틈을 만들어줘야 할 필요성을 느꼈다.

몸을 가볍게 놀려 소 괴물에게 달려들었다. 소 괴물이 나를 발견하고 도끼를 내리찍었다. 나는 가볍기 피하며 소 괴물의 팔 위로 올라서 검을 내려쳤다.

텅!

소 괴물이 도끼를 놓쳤다.

"하앗!"

그때를 놓치지 않고 카일이 돌격해 왔다. 카일의 검에 마력이 서려 있는 것이 보였다.

탕!

카일이 검을 팔을 향해 내려쳤지만 살짝 금만 갈 뿐이었다.

휘잉!

반대쪽 손이 우리에게 휘둘러졌다.

"큭!"

나는 카일의 앞을 막아섰다. 강한 충격이 느껴졌다. 이 정

도는 아무렇지도 않은 충격이지만 카일과 함께 크게 튕겨져
나갔다.

"꺄악!"

사라가 튕겨져 나간 우리를 잡아주다가 힘에 못 이겨 같이
바닥에 구르고 말았다.

"레, 레오 형!"

"오빠!"

그런 일격을 얻어맞았으니 걱정하는 것이 당연할 것이다.

"피해!"

나는 카일과 사라를 옆으로 쳐내고 그대로 내리찍어 오는
도끼를 검으로 막았다.

본래라면 이런 것쯤은 가뿐하게 박살 낼 수 있지만 아무래
도 인간을 연기하고 있으니 팔을 바들바들 떨며 간신히 버텨
내고 있음을 알려주었다.

"이 괴물!"

사라가 양손검을 힘차게 휘둘러 소 괴물의 팔목에 꽂아 넣
었다. 소 괴물이 주춤거리며 물러나자 나는 바닥에 쓰러졌다.

"형! 이 자식!"

카일이 소 괴물을 노려보았다. 내 앞을 막아선 카일의 몸은
떨렸지만 결코 물러나지 않았다.

굳은 결심을 한 것 같다. 카일의 기도가 날카롭게 변하기
시작했다.

“아무도 죽게 하지 않을 거야!”

카일의 몸에서 빛이 뿜어져 나왔다. 동굴 전체를 환하게 밝혀주는 빛이었다.

“저건?”

사라가 놀라며 카일을 바라보았다.

나 역시 이렇게 빠르게 성검을 불러낼 수 있으리라고는 생각하지 않았다. 카일은 멍한 표정으로 자신의 손에 들려진 성검을 바라보았다.

일단 나는 부상자였기에 사라의 품에 안겨서 성스럽게 느껴지는 카일의 모습을 바라보았다.

일부러 맞아주는 것이 아프기는 했지만, 사라가 있어서인지 이것도 나름 괜찮은 기분이었다.

“저 소대가리를 부숴 버려! 카일!”

사라가 주먹을 불끈 쥐며 외치자 카일은 멍한 표정을 지우고 눈빛을 날카롭게 바꾸었다.

아직은 불안정한 빛의 기운을 폭사시키며 소 괴물에게 달려들었다. 그리고 이어진 빛의 참격.

‘아직은 미숙하군.’

단 한 번의 찌르기가 소 괴물에 가 닿았다. 단단한 몸체가 굉음과 함께 터져 나갔다.

허무하게 순식간에 무너져 내리는 소 괴물이었다. 카일은 지쳤는지 연신 거친 숨을 내쉬었다. 성검은 다시 카일의 몸속으로 사라진 지 오래였다.

지금 카일의 의지력으로는 3분을 유지하기조차 버거워 보였다.

'그건 훈련하면 될 일이고.'

성검을 끄집어냈다는 것이 중요했다. 동굴의 어두운 곳을 보니 천족들이 감격하며 눈물마저 흘리고 있었다. 잘한 건 하나도 없는 녀석들이지만 지금은 용서해 주도록 하자.

나는 비틀거리며 몸을 일으켜 세웠다.

"오빠, 괜찮아?"

사라의 부축을 받으며 힘을 모두 소진하여 바닥에 풀썩 주저앉은 카일에게 다가갔다.

"레오 형! 괜찮아? 상처는?"

"이 정도는 아무것도 아니야. 내가 좀 튼튼하거든."

"뭐야, 그게."

"그나저나 성검이라……. 굉장한 걸 가지고 있구나."

카일은 힘없이 웃었다.

"응."

"멋지잖아?"

나는 카일의 머리카락을 거칠게 휘저어놓았다. 사라는 다리가 풀렸는지 바닥에 주저앉았다.

"집 떠나온 지 일주일도 안 되었는데 어마어마한 거랑 싸웠어."

"사라?"

"끝내준다! 진짜 우리 모험을 하고 있구나."

기운이 넘쳐서 탈이었다. 카일은 그런 사라를 보며 피식 웃고는 내가 내민 손을 잡고 자리에서 일어났다.

"후우, 죽을 뻔했다. 덕분에 살았다, 카일."

"하하, 아까 구해줘서 고마워."

내가 주먹을 내밀자 카일은 씨익 웃으며 내 주먹에 주먹을 가져다 대었다.

"도착했다!"

"우와! 여기가 소론의 수도! 파이론!"

카일과 사라가 호들갑을 떨었다.

"뭐야, 꼬마들. 여행자냐? 저 산맥을 건너왔나 보군."

경비원이 그렇게 말하며 웃어 보였다. 나는 경비원에게 다가갔다.

"들어가도 됩니까?"

"물론. 파이론은 언제나 개방되어 있으니까."

내가 먼저 파이론 안으로 들어가자 카일과 사라가 뒤따라왔다.

"오빠는 여기에 와봤어?"

"응, 대충 지리는 알아."

"다행이네. 헤매지 않아도 될 것 같아."

나는 잠시 그 자리에 멈춰 서서 카일과 사라를 한차례씩 바라보았다.

"근데 성검 보유자가 소론에는 왜 온 거지?"

"아, 그, 그게……"

카일이 어물거리자 사라가 내 손을 꼭 잡았다.

"오빠, 도와줄 수 있어?"

"무엇을?"

"그, 그러니까 세계 평화가 달린 문제야."

상당히 심각한 얼굴에 웃음이 나올 것 같았다. 간신히 참아내고는 나는 묵묵히 고개를 끄덕였다. 카일은 망설이다가 이야기를 풀기 시작했다.

"음, 그건 심각한 문제로군."

나는 턱에 손을 올리며 그렇게 말했다.

"사실 내가 파이론에 온 이유도 비슷해. 세계 각지에 갑자기 헬게이트가 등장했다는 소문이 돌았거든. 난 그걸 조사하러 나온 거야."

"헬게이트?"

"응. 마왕의 수하가 인간계로 나올 때 쓰는 문이라 알려져 있어."

내가 급조한 이야기지만 지옥에 충만한 괴수들을 소거할 필요가 있긴 했다.

나는 잠시 침묵을 지키다가 입을 떼었다.

"마왕을 강림시키려는 무리가 있다면 성검 보유자로서 카일 네가 할 일은 그것을 저지하는 일이지?"

"응. 나는 반드시 막아낼 거야."

나는 부드럽게 웃었다.

"그럼 나도 도와줄게."

"정말?

사라가 나와 가까이 붙었다. 내가 고개를 끄덕이자 나를 끌어안았다.

"고마워!"

"하하!"

속이고 있다는 것이 미안한 일이긴 하지만 그건 어쩔 수 없었다.

아무튼 우리는 뚜렷한 작전도 없이 일단 보물 창고로 가기 위해 왕궁의 벽을 넘었다.

"우리 도둑 같지 않아?"

"쉿! 조용히 해, 카일."

검은 천으로 온몸을 꽁꽁 싸맨 우리는 분명 도둑이었다.

"하지만 우리가 하는 일은 역시 도둑질······."

"멍청아! 세계 평화를 위해 잠깐 빌리는 거라구!"

"그, 그런가?"

사라가 카일을 다그쳤다. 나는 살짝 한숨을 내쉬며 복면을 고쳐 썼다.

"우리가 오지 않아도 마왕군이 습격하겠지. 그러니까 미리 가져가는 것이 이 사람들을 보호하는 것이기도 할 거야."

"그렇구나. 알았어, 레오 형."

카일은 납득하며 고개를 끄덕였다.

아무튼 기세 좋게 왕궁의 벽을 넘은 것은 좋았는데, 어디로 갈지 난감하기 그지없었다. 인간들의 숫자가 많이 느껴지는 것으로 보아 왕궁을 장악하지는 않고 도와줄 요량인 것 같았다.

하긴, 이만한 왕궁을 다 장악하면 인간들도 이상을 눈치챌 수도 있으니 말이다. 정신 조작도 한계가 있으니 그 방법을 택한 것 같았다.

"겨, 경비가 무척이나 삼엄한데?"

"보물 창고, 보물 창고!"

카일은 긴장한 기색을 보이고 있지만 사라는 오히려 흥분하고 있었다.

나는 차분히 주위를 둘러보았다.

"그럼 살펴볼까?"

천족들은 너무나 일을 의욕적으로 해서 그 정도가 과할 것이 분명했다.

우리는 정원에 있는 수풀에 숨어서 경비들이 지나가는 틈을 노렸다.

“음, 그 이야기 들었나?”

“무슨 이야기?”

“저기 궁전 끝에 있는 보물 창고 있잖아.”

“아, 그 본 궁전을 기준으로 해서 서쪽으로 100m쯤 가면 있는 비밀스러운 보물 창고?”

경비원으로 분장하고 있지만 천족들이 분명했다.

“쉿! 누가 들으면 어쩌려고.”

“하하, 자네도. 이곳에 누가 들어온다고.”

어설픈 연기이긴 하지만 카일과 사라가 눈치챌 리 없었다. 내가 앞장서자 내 뒤를 졸졸 따라왔다.

“음…….”

궁전 끝에 지하로 가는 문이 있었다. 환하게 불을 켜놓고 병사들이 철통 경비를 서고 있었다. 평소보다 훨씬 많아 보이는 병사의 숫자에 살짝 당황스러웠다.

“역시 엄청난 보물이 있으니까 저렇게 지키는 거겠지?”

“아무래도 궁전에 있는 보물 창고니까 그렇기야 하겠지. 근데 문제는 어떻게 들어가느냐, 그리고 물건을 취한 후 어떻게 빠져나오느냐로군.”

사라의 말을 받으며 내가 그렇게 말하자, 둘 다 고민하는 기색이 역력했다. 애초에 철두철미한 계획은 이 녀석들 성미에 안 맞으니 여기서 막히는 건 당연했다.

“레오 오빠, 마법 다룰 줄 아는 거 없어? 수면 마법이라든지.”

"회복 계열 마법은 조금 하는데 다른 쪽은 무리야. 그보다 너, 마탑에서 왔다며. 근데 마법을 못 다뤄?"

"취, 취향에 안 맞아서 안 배웠을 뿐이야."

사라와 이야기를 나누고 있는데 카일의 한숨이 들려왔다.

"계획을 다시 짜서 와야 하는 거 아냐?"

"하지만 카일, 겨우 여기까지 왔는데 그냥 돌아가자구?"

"사라, 그래도 잡히는 것보다는 낫잖아."

작전을 세우면 얼마나 잘 세워질지도 의문이다. 수풀 안에 깊숙이 숨으며 머리만 살짝 내놓고 병사들을 살폈다.

'확실히 많군.'

천족으로 보이지 않고 모두 인간이었다. 천족들은 모두 기척을 지우며 나무나 건물 뒤에 숨어 있었다.

"응? 하늘에서 뭔가 떨어지는데?"

카일의 말에 나는 하늘 위를 바라보았다. 주먹만 한 하얀색 구슬이 병사들 앞에 떨어졌다.

쾅!

'연막?'

하얀색 구슬들이 깨지며 뿌연 연막이 솟아올랐다. 마나의 흐름을 방해하고 시야를 확실히 가리는 연막이었다.

"괴, 괴도가 나타났다!"

"괴도 노바다!"

병사들의 목소리가 터져 나왔다.

“괴도 노바?”

노바라는 이름에 내 몸이 살짝 움찔거렸다.

“괴도 노바가 이곳에 왔다고?”

카일과 나는 전혀 몰랐지만 사라는 아는 모양이다.

“오빠, 카일, 설마 모르는 거야?”

“응.”

“나도 들어본 적 없는데.”

사라의 말에 카일과 내가 대답했다.

“굉장한 마법을 쓰는 괴도야. 한번 노린 물건은 절대적으로 습득하고 마는 최고의 도둑이야.”

최고의 도둑이라…….

노바라는 이름이 조금 신경 쓰이기는 하지만 이것은 기회였다. 천족의 기척을 느껴보니 그들 역시 당황하고 있었다. 계획이 어긋난 것이 분명했다.

“우리도 이 틈에 들어가자.”

일단은 우리도 이 틈에 빨리 들어가야 했다. 내가 그렇게 말하며 몸을 움직이자 한차례 고개를 끄덕인 카일과 사라가 나를 뒤따라왔다.

보물 창고 입구로 들어가자 복잡하게 길이 나 있는 복도가 나타났다. 병사들이 바닥에 쓰러져 있었고, 저 멀리서 폭음이 들려왔다.

“괴도 노바라는 사람, 화끈한데?”

순수하게 감탄하는 카일이었다.

"카일! 오빠! 빨리 가자."

"병사들이 몰려오기 시작했으니 우리도 빨리 별빛의 보석을 찾자."

복도를 달리기 시작했다. 복잡한 복도였지만 병사들이 쓰러져 있는 곳을 향해 가다 보니 어느새 보물 창고에 도착할 수 있었다.

천족들이 준비한 것 같은 몬스터들이 이미 제거되어 있었다. 괴도 노바라는 사람의 실력은 수준급 같았다.

"여기가 보물 창고?"

거대한 하얀색 문이 보였다. 반쯤 열려 있었는데 안에서 기척이 느껴졌다.

우리는 기척을 죽이며 안으로 들어갔다.

쉬익!

갑자기 날아오는 단검에 나는 앞으로 나아가 단검을 검으로 튕겨냈다. 카일과 사라가 재빠르게 검을 뽑고 주위를 살폈다.

"호오? 소론의 병사들은 아닌 것 같은데, 동종 업자인가?"

"네가 괴도 노바?"

보물 창고 안도 연막으로 인해 가려져 있었다. 연막이 서서히 걷히고 드러난 모습은 성숙한 보라색 머리칼을 지닌 여인이었다.

“응? 꼬마들이네?”

나는 그녀를 바라보며 살짝 웃고 말았다.

그녀는 노바의 영혼을 이어받고 있었다. 예전 그 모습과는 상당히 다른 도발적인 모습이라 웃음이 나온 것이다.

그녀의 손에 들린 것은 별빛의 보석이었다. 천족이 급조한 보석이라 신성력을 띠고 있었기에 한눈에 알아볼 수 있었다.

“레오 오빠, 저거⋯⋯.”

“그래, 우리가 노리는 것이 저거였지.”

대치 상황이 이어졌다.

“보라색 아줌마! 그 보석, 우리한테 넘기는 것이 좋을 거야!”

흉흉한 양손검을 바닥에 찍으며 그렇게 말하자 노바는 피식 비웃음을 흘렸다.

“발육 부진 꼬맹이가 못하는 말이 없네?”

“이, 이 늙다리 아줌마가!”

카일이 뛰쳐나가려는 사라의 어깨를 붙잡고 한숨을 쉬었다. 나 역시 짧게 한숨을 내쉬다가 노바를 바라보았다.

“어떻게 넘겨줄 수 없을까? 우리는 그것이 필요하거든.”

“나 역시 이것을 노리고 잠입해 온 거야. 쉽게 넘겨줄 수는 없지.”

하는 수 없지. 저것이 없으면 이야기가 꼬일 테니 실력을 행사할 수밖에 없다. 내가 카일에게 눈치를 주자 카일은 고개를 끄덕이며 검을 움켜쥐었다.

"혹시 덤빌 생각?"

노바가 손에 불덩어리를 띄웠다. 내가 노려보자 노바는 움찔거렸다. 내가 살짝 내비친 살기에 당황한 기색이다.

"보통 꼬마는 아니군."

"흥! 어서 내놓으시지?"

사라가 양손검을 들이댔다. 불덩어리를 던지려던 노바의 몸이 휘청거렸다.

그것은 우리 역시 마찬가지였다.

콰앙!

바닥을 울리는 진동이 느껴졌다. 우리는 황급히 뒤를 돌아보았다.

"뭐지, 저건?"

복도가 순식간에 무너져 내린다. 그리고 등장한 것은 거대한 골렘이었다.

"방어 시스템?"

"그건 아닌 것 같은데."

노바의 말에 내가 대답했다.

쿠워워워! 콰앙!

건물 자체가 심각하게 흔들렸다. 보물 창고의 천장을 박살내고 등장한 골렘은 주위의 모든 것을 쓸어버리기 시작했다.

"뭐, 뭐야, 저 골렘은?"

"비, 비상사태다!! 경보를 울려!"

우리는 눈을 깜빡이다가 노바를 향해 달려들었다.

"웃! 애송이가!"

내 검을 피한 노바가 마법을 쓰려 했지만,

"어딜!"

사라의 찌르기에 튕겨져 나갔다. 마나 실드를 펼쳐 몸에 상처가 나지는 않았지만 별빛의 보석을 놓치고 말았다. 공중에 떠오른 별빛의 보석을 카일이 점프에 낚아챘다.

"잘했어! 카일! 어서 빠져나가자."

내 말에 카일은 고개를 끄덕였다.

"거기 서!"

빠져나가는 우리를 노바가 빠르게 뒤쫓아 왔다. 거대한 불덩어리를 날리고 오는 모습은 마치 광전사처럼 느껴졌다.

"꺄악! 저 아줌마가 미쳤나!"

불덩어리가 건물을 때려 부수었다. 빠르게 빠져나가던 우리는 멈춰 서고 말았다. 눈앞에 거대한 골렘이 흉흉한 기운을 흘리고 있었기 때문이다.

우리는 다급히 멈추었다. 그리고 바로 등을 돌리고 반대쪽을 향해 달리기 시작했다. 갑자기 자신에게 달려오는 우리를 보고 노바가 당황했다.

"뭐, 뭐야!"

그러다가 골렘을 보더니 사색이 되어 같이 뛰기 시작했다.

"젠장! 이게 다 너희들 때문이야!"

"무슨 소리! 아줌마가 먼저 침입해서 이렇게 된 거잖아?"

"아까부터 그 아줌마란 소리가 거슬리는데? 죽고 싶어?"

골렘의 주먹이 우리의 바로 뒤에 작렬했다. 앞으로 튕겨나가려는 사라를 손을 뻗어 잡고 무너지는 벽을 검으로 갈랐다.

"카일! 성검을 꺼내서 저걸 날려 버려!"

"막 꺼내고 그럴 수 있는 게 아니야!"

사라의 말에 카일이 소리쳤다.

"성검?"

노바가 물음표를 띄웠지만 대답해 줄 틈이 없었다.

"멈춰라! 도둑놈들!"

"우리는 자랑스런 소론 왕국의……!"

콰아앙!

골렘이 주먹을 휘두르자 충격파가 나가 우리의 앞을 막아서는 병사들을 날려 버렸다. 남아 있는 병사들이 우리를 막아서려 하려다 골렘을 보고 사색이 되어 같이 도망치기 시작했다.

"뭐, 뭐, 뭐야! 저 괴물은!"

"지원 병력을 불러!"

"왕궁에 도달하게 해서는 안 된다!"

우리는 동쪽으로 향해 달려가고 있다. 동쪽으로 가면 바로 왕궁의 본궁이 있었다.

왕이 기거하는 바로 그 본궁.

골렘은 우리를 미친 듯이 뒤쫓아 왔다. 소 괴물보다 더 거대한 골렘에게서 미세한 신성력이 느껴졌다.

'너무 과하다고!'

소 괴물 작전이 결과적으로 성공하자 천족들은 더욱 과감한 수를 쓴 것 같아.

"어, 어떻게 좀 해봐! 이러다가는 잡혀 죽을 거야! 레오 오빠!"

왕궁을 파괴할 수는 없다. 자다가 벼락을 뒤집어쓸 소론의 왕을 생각하니 동정이 가기 시작했다.

나는 달리는 것을 멈추고 검을 골렘에게 겨누었다.

"뭐하는 거야!"

노바가 갑자기 나의 팔을 잡고 달리기 시작했다.

"자살할 작정이야?"

"아줌마! 레오 오빠에게서 떨어져!"

노바의 인상이 구겨졌다.

"싫은데?"

바람을 가르는 소리에 나는 노바를 앞으로 던지고 방어 자세를 취했다.

콰앙!

기기기긱!

주먹이 내 검에 닿자 내 몸은 뒤로 쭈욱 밀려갔다. 인간 정도로 힘을 제약했기에 나는 크게 튕겨져 나가 벽에 부딪쳤다.

벽이 무너지며 반쯤 묻혀 버렸다.

"이, 이봐! 괜찮아?"

노바의 말에 나는 몸을 일으켰다. 내가 부딪친 곳은 본궁. 이제 더 이상 물러날 곳은 없었다.

본궁이 파괴되기 전에 저 골렘을 처치해야 한다.

'힘을 보여야 하나?'

간신히 골렘의 주먹을 피한 사라가 비틀거렸다. 골렘의 발이 사라를 찍으려 했다.

나는 빠르게 바닥을 박차고 몸을 이동시켰다. 사라의 몸을 잡고 재빨리 후퇴했다.

"고, 고마워!"

사라의 얼굴이 붉어졌다.

"카일! 성검을 써!"

카일은 심호흡을 하며 정신을 집중하기 시작했다. 하지만 잘되지 않는 듯 기운이 막힌 것처럼 터져 나오지 않았다.

"할 수 있어! 네 자신을 믿어!"

"하아아압!"

내 외침에 다시 심호흡을 한 카일이 기합을 지르며 골렘에게 달려들었다. 빈손이었던 두 손에 빛이 일어나더니 성스러운 성검이 들려졌다.

용케 타이밍에 맞춰 소환에 성공한 모양이다.

"서, 성검?"

노바의 눈이 커졌다. 놀란 눈치다.

"부숴 버려! 카일!"

"없애 버려!"

사라와 내가 외치자 카일은 더욱 힘을 내며 골렘에게 달려들었다. 빛은 카일의 신체 능력을 크게 올려주었다. 평소라면 불가능한 화려한 움직임을 선보이며 골렘의 주먹을 갈랐다.

서걱!

성검의 절삭력은 절대적이다. 그 어느 것도 저 절삭력에 대항할 수 없을 것이다. 마스터 코드를 지닌 성검보다 더 뛰어난 무기는 이 세상에 존재하지 않는다.

"필살 찌르기!"

유치한 기술명을 외치며 골렘의 가슴으로 뛰어들었다. 성검을 가슴에 힘껏 찔러 넣자 골렘의 움직임이 멈추었다.

쾅!

몸에 균열이 나더니 한순간에 박살 나 무너져 내렸다. 카일이 바닥에 착지하자 성검이 역소환되었다. 카일은 모든 힘을 소진했는지 숨을 헐떡이며 바닥에 주저앉았다.

주위에는 침묵이 자리 잡았다. 병사들도 입을 떡 벌리며 이 광경을 바라보았다.

그러다가 우리와 눈이 마주쳤다.

스릉—

병사들이 검을 빼 들었다.

"자, 잡아라!"

"으, 으윽!"

사라가 질린다는 듯 신음성을 내뱉었다. 나는 작게 한숨을 내쉬고 빠르게 카일에게 이동해 카일을 들쳐 메었다.

"도망치자!"

"응!"

"자, 잠깐! 같이 가!"

노바가 우리를 뒤따라왔다. 우리는 나란히 달렸다. 앞을 막아서는 병사들을 검집으로 후려치고 빠르게 벽을 넘었다.

"멈춰라! 네놈들은 포위되었다!"

벽을 넘어서자 병사들이 모습이 빼곡히 자리 잡았다.

"으으, 모두 눕혀주겠어."

"사라, 그건 무리다."

"하지만 이대로 잡히면 마왕은 강림할 거라구!"

사라가 검을 겨누자 그들은 긴장하며 검을 뽑았다.

"잠깐, 꼬마들, 이 상황을 벗어나고 싶지?"

"아줌마는 좀 빠지시지?"

"이 발육 부진 꼬맹이가!"

노바는 발끈하다가 심호흡을 하더니 다시 안색을 회복했다.

"나한테 탈출할 만한 도구가 있는데, 어때?"

“무엇을 원하지?”

내가 웃으며 노바에게 묻자 노바는 살짝 눈이 나와 마주쳤다. 그러다가 움찔거리며 시선을 돌렸다.

“흐, 흠! 간단해. 나를 동료로 받아주면 돼.”

“싫어!”

“좀 생각하고 말해!”

사라가 생각조차 하지 않고 말하자 노바가 발끈했다. 내 어깨에 걸린 카일이 힘겹게 고개를 들어 노바를 바라보며 입을 떼었다.

“그건 어째서죠?”

“사실 한 달 전부터 계속 꿈에 하얀 성검이 나왔거든. 그게 네가 보여준 검이랑 똑같아. 그 검이 나에게 별빛의 보석을 훔쳐서 용사에게 주라고 했어. 그리고 같이 마왕의 강림을 저지하라고 말해주었지.”

아무래도 사라와 노바를 모은 것은 성검의 의지 같았다.

“좋아요.”

“카일!”

“사라, 성검이 선택한 동료야.”

사라의 반발이 있었지만 카일의 진지한 눈에 결국 수긍하고 말았다.

“그럼 빨리 탈출하자!”

노바가 품에서 푸른색 구슬을 꺼냈다. 마법적 처리를 한 구슬 같았다.

"수면 가스!"

펑!

그것을 병사들에게 던지자 보라색 가스가 뿜어져 나왔다. 병사들은 몸을 떨더니 그 자리에 쓰러져 잠을 자기 시작했다.

"윈드!"

바람을 일으켜 수면 가스를 멀리 날려 버린 노바가 앞장서 달리기 시작했다.

"달려!"

우리 역시 빠르게 달렸다.

"멈춰……."

사라가 막아서는 병사의 얼굴을 발로 차버렸다. 엄청난 괴력에 의해 튕겨져 나가 기절하는 병사가 참으로 불쌍하게 느껴졌다.

"이쪽으로 가면 출항하는 배가 있을 거야!"

소론은 항구를 끼고 있는 도시다. 노바가 가는 방향은 확실히 항구가 있는 방향이었다.

"히히히! 이거 신나는데?"

막아서는 병사를 사라가 주먹으로 후려쳤다. 검을 날렵하게 피하고 복부에 발을 쑤셔 넣어 병사들을 날려 버렸다.

역시 마법을 쓰지 못한 것이 이해가 되었다.

"나는 노바야! 거기 붉은 머리, 네 이름은?"

"레오스."

"잘 부탁해!"

나는 웃으며 고개를 끄덕였다.

"네 이놈들! 이곳은 지나가지 못한다!"

바리게이트까지 쳐 놓으며 병사들이 우리를 기다리고 있었다. 나는 손에 들린 검에 주위의 마력을 끌어모았다.

"풍검!"

검을 휘두르자 뿜어져 나간 바람이 바리게이트를 날려 버렸다. 사라가 그 틈을 파고들어 병사들을 후려쳤다.

"제법인데!"

노바 역시 화려한 발차기로 길을 뚫었다.

"이쪽이야!"

항구가 바로 앞에 보였다. 병사들조차 모르는 지름길로 달려와 빠르게 항구에 도달할 수 있었다.

막 떠나는 거대한 배가 보였다. 다른 나라로 떠나는 여객선 같았다.

우리를 뒤쫓는 수많은 기척이 느껴졌다. 병사들이 뒤쫓아 온 것이다.

"뛰어!"

여객선과의 거리는 꽤 되었다. 내가 먼저 달려가 크게 점프했다.

"카일, 미안."

"어? 으, 으아아아악!"

나는 카일을 배 쪽을 향해 던졌다. 화살처럼 날아간 카일이 여객선에 처박힌 것을 보고 나는 난간에 검을 던졌다.

푹!

손을 뻗어 박힌 검의 손잡이에 매달린 다음 항구 쪽으로 손을 뻗었다.

착!

노바의 뻗은 손이 내 손에 잡혔다.

"꺄악"

노바가 비명성이 들려왔다. 사라가 노바의 몸을 잡고 매달렸기 때문이다.

"더듬지 마!"

"누군 좋아서 더듬는 줄 알아?"

힘을 주어 노바와 사라를 배 위로 올려 보냈다. 나는 난간에 올라간 후 검을 뽑아 검집에 귀환시켰다.

구석에 처박혀 있는 카일이 원망스러운 눈으로 나를 바라보았다.

"일단 무임승차는 성공했네."

"노바, 이 배, 어디로 가는 거지?"

내 물음에 노바는 빙긋 웃으며 입을 떼었다.

"남쪽으로."

나는 한숨을 돌리며 바닥에 주저앉았다. 무임승차를 멋대로 했지만 다행히 아직 들키지 않은 것 같다. 카일은 비틀거리며 일어나 별빛의 보석을 들어 보였다.

푸른빛으로 빛나는 보석.

그것은 확실히 저 하늘의 별을 닮았다. 천족들이 만든 보석이니 아름다운 것은 당연했다.

고생한 보람이 있었다. 카일도 꽤나 성장했고, 사라도 이제 싸움에 익숙해져 본 실력을 잘 발휘해 주었다.

"해냈어!"

"응!"

카일이 손을 내밀었다. 사라의 손이 그 위에 겹쳤다. 노바가 살짝 손을 얹고는 나를 바라보았다.

"그럼……."

나는 자리에서 일어나 손을 포개었다.

"가볼까? 남쪽으로!"

나는 분명 웃고 있을 것이다.

언젠가 지었을 그런 환한 미소로 말이다.

Chapter 08
우리의 여행

“양심에 가책이 느껴진다.”

“괜찮아, 카일. 좋은 게 좋은 거니까.”

꽤나 큰 여객선이어서 비어 있는 방이 조금 있었다. 노바의 기술로 몰래 문을 따고 들어가 그곳에서 머무는 중이다. 노바는 꽤나 능숙하게 탑승권을 훔친 다음 위조해서 우리에게 나누어 주었다.

“우리 범죄자가 된 거겠지? 보물 창고를 털고 병사들을 패 버리고 무임승차까지 하다니……."

카일의 중얼거림이 들려왔다.

“뭐, 세상을 구하는 일이니까 그 정도는 감수해야지.”

내가 그렇게 말하자 카일은 그대로 누워버렸다.

"하아, 기분 좋다. 간만의 샤워네."

몸매가 다 드러나는 옷을 걸치고 한 손에 와인 병을 든 채 노바가 나타났다. 카일은 얼굴을 붉히며 시선을 돌렸고, 사라는 노골적으로 노바를 노려보았다.

"흐응? 부끄러워하는 거야? 근데 레오는 익숙한가 봐?"

일부러 내 앞에 앉아 묘한 포즈를 잡는 노바였다. 나는 손가락으로 그녀의 이마를 밀었다. 그러자 뒤로 자빠지며 눈을 깜빡였다.

"쳇, 재미없게."

다시 벌떡 일어나 내 목을 휘감았다.

"레오, 누나라 불러봐. 예뻐해 줄게."

"뭐, 뭐, 뭐하는 거야! 오빠한테서 떨어져! 이 호색한!"

나는 지끈거리는 이마에 손을 얹고는 한숨을 쉬었다. 달라붙는 노바를 떼어내고 침대에 앉았다.

한동안 노바와 사라의 말다툼이 계속되었다. 카일은 이미 무념무상의 경지에 이르렀고, 나도 머리가 아프기는 하지만 무시할 수 있도록 노력했다.

"2주일째 타고 있는데 슬슬 도착할 때가 되지 않았을까?"

카일의 말에 노바가 고개를 끄덕였다.

"아마 내일이면 도착할 거야. 항로로 예상해 볼 때 아마 제픈 왕국 쪽일 것 같아. 항구에 내려서 카이론 산맥까지 육로로 가야 하니 조금 걱정이긴 하지만, 어떻게든 되겠지."

노바는 지리를 잘 알고 있는 것 같았다.

"달빛의 조각, 분명 엄청난 보물이겠지?"

사라는 벌써부터 들뜬 눈치다.

"험하기로 유명한 카이론 산맥이야. 그런 곳에 숨겨져 있는 것이니 값어치가 상당할걸?"

노바가 입맛을 다시며 그렇게 말했다. 달빛의 조각보다 더 중요한 것은 그것을 얻는 과정이다. 보물에 이르기까지 겪는 고난을 극복해서 좀 더 성숙해지는 것.

성검을 더욱 잘 다룰 수 있게 하는 것이 포인트였다. 그나마 현실 감각이 있는 것이 용족이었으니 기대를 해봄 직했다. 마족은 괴팍한 면이 있으니 마지막 것을 모으기 전에 더욱 강해져야 했다.

"레오, 검술 실력이 상당한 것 같던데? 마법에도 일가견이 있어 보이고."

"검술이야 어렸을 때부터 해온 거고, 마법은 회복 마법밖에 안 배웠어."

"누나가 가르쳐 줄까? 이런 말 하기는 뭐하지만 난 마법에는 자신 있으니까."

나는 고개를 저었다. 사라가 질투의 눈빛을 보내오는 것이 보였다. 마법적인 재능이 전혀 없는 그녀로서는 굉장히 부러울 것이다.

“난 검술로도 벅차.”

“후후, 귀여운 녀석.”

노바에게 귀엽다는 소리를 들으니 헛웃음이 절로 나왔다. 내 기억 중에 노바는 말이 별로 없고 무표정한 소녀였기 때문이다.

저런 모습도 나쁘지는 않다. 과거의 노바가 평범하게 살아왔다면 저런 모습도 기대해 볼 수 있었을 것이다.

“어? 오빠! 도착했나 봐!”

나는 굳어 있는 몸을 풀고는 한쪽에 기대어놓았던 검을 다시 허리에 찼다.

갑판으로 슬쩍 올라가 바다를 바라보니 저 멀리 육지가 보였다. 탑승권을 위조했다고 해도 언제 들킬지 몰랐기에 몰래 선착장에 내리기로 했다.

“여기가 제픈 왕국? 집들이 좀 특이하네?”

사라의 말처럼 집들이 소론 왕국과는 확연히 달랐다. 목재로 지어진 집들은 동양적인 분위기가 흘렀다. 약간 혼혈 같은 느낌이 나는 사람들이 대다수였다.

“제픈 왕국은 상당히 괜찮은 곳이야. 치안도 괜찮고, 제픈 왕국의 국왕은 선왕으로 칭송받고 있지.”

“잘 아네?”

“사실 보물을 슬쩍하러 왕궁에 몇 번 들어가 봤거든.”

내 말에 빙긋 웃으며 말하는 노바였다. 선착장에 완전히 안

착된 것을 확인하자 나는 빠르게 배에서 뛰어내렸다. 다행히 병사의 숫자는 많지 않아서 손쉽게 마을 안으로 들어올 수 있었다.

"우와! 카일, 저거 봐!"

"굉장하다!"

사라와 카일이 감탄할 만했다. 호랑이 탈을 쓰고 춤을 추고 있는 사람들, 그리고 처음 보는 악기로 흥겨운 가락을 연주하는 악사들, 그리고 음악에 맞추어 춤추는 사람들이 거리에 가득했다.

길거리 음식을 파는 상점들이 길을 따라 쭉 이어져 있었다.

"멋지다!"

"응, 굉장해."

눈을 반짝반짝 빛내는 사라와 카일. 나는 피식 웃으며 노바를 바라보았다. 노바는 몸을 슬쩍 움직이며 리듬을 타고 있었다.

갈 길이 멀지만 즐거우니까 그걸로 된 것이겠지. 나는 닭 꼬치를 사서 일행 손에 들려주었다.

"우왓! 맛있어!"

"이거, 짱인데?"

카일과 사라는 연신 감탄하며 허겁지겁 닭 꼬치를 먹었다. 노바는 제법 우아하게 먹고 있다. 개성이 강한 일행이라 보는 즐거움이 있었다.

"관광은 나중에 하자. 빨리 목적지에 도달해야 해."

내 말에 아쉬운 표정들을 짓는다. 하긴 이곳은 정말 볼 것이 많았다. 다른 각도로 발달된 새로운 문명을 접하는 느낌은 분명 짜릿할 것이다.

그것이 여행의 묘미지만 갈 길이 멀고 시간은 한정되어 있으니 어쩔 수 없었다.

"혹시 말을 탈 수 있는 사람?"

내 말에 노바 혼자만 손을 들고 카일과 사라는 고개를 저었다.

"요 앞에 있는 도시까지 가면 카이론 근방까지 가는 이동 수단이 있어."

"이동 수단?"

"응. 아마 엄청 재미있을걸. 알려주고 싶지만 나중의 재미를 위해 참아둬."

노바의 말에 고개를 끄덕였다. 그럼 일단 걸어서 도시까지 가는 수밖에 없었다. 드래곤들은 철저히 기척을 숨기고 있어 억누른 정신력으로는 쉽게 발견할 수 없었다.

천족과는 달리 참으로 믿음직스러웠다.

"자, 그럼 가자."

어느새 이 파티의 리더는 내가 되어 있었다. 카일과 사라는 나를 따르고 있었고, 노바 역시 별다른 불만을 취하지 않고 있다. 오히려 기묘한 미소를 지으며 나를 끌어안곤 했다.

마을을 나서자 오솔길이 나 있는 숲이 펼쳐졌다. 울창한 숲은 아니고 드문드문 나무가 나 있는 그런 숲이었다.

이것저것 이야기하면서 꽤나 먼 거리를 이동해 왔다. 해가 지고 어둠이 깊게 깔릴 때쯤 나는 걸음을 멈추었다.

"결국 오늘은 노숙인가?"

노바가 마음에 들지 않아하는 말투였지만 어쩔 수 없었다. 나야 어둠이 상관없지만 일행은 다를 것이다. 숲 속의 밤은 굉장히 어두우니 해가 뜰 때 다시 이동하는 것이 정석이었다.

휴식이 필요하기도 하고 말이다.

"으으, 이번엔 늑대가 안 덤볐으면 좋겠어."

피를 뒤집어쓴 후 불안정한 모습을 보이긴 했지만 그 후 늑대가 나타나면 제일 먼저 베어버리는 자가 바로 사라였다. 본인은 자각하지 못하고 있지만 사라가 지닌 마력은 상당했다. 그것을 무의식중에 힘으로 전환해서 양손검을 휘둘렀다. 그 일격은 가히 폭발적이었다.

사라가 양손검을 들면 카일마저 무서워했다.

"사라, 카일, 장작을 모아와라. 사냥은 내가 하지."

"나는?"

노바가 묻자 잠시 생각하다가 입을 떼었다.

"주변에 여러 가지 마법을 좀 설치해 줘."

"알았어."

나는 숲 안으로 들어가 잡을 만한 짐승들을 찾기 시작했다.

마침 멧돼지 한 마리가 서성이는 것이 보였다.

"멧돼지 고기가 좋겠군."

멧돼지는 내가 다가가자 흥분하며 나에게 뛰어들었다. 내
가 검을 뽑아 베는 것과 동시에 반대쪽에서 화살이 날아들었
다.

멧돼지가 내 앞에서 피를 흘리며 쓰러졌다. 두개골을 정확
히 둘로 나누었기에 그 자리에서 즉사한 것이다. 나는 멧돼지
의 갈비뼈를 뚫고 치명상을 입힌 화살의 주인을 바라보았다.

숲 속에서 걸어나오는 것은 여행자 복장을 한 남자였다. 나
와 비슷하지만 조금은 더 밝은 붉은 머리를 지닌 곱상한 사
내.

내 손끝이 살짝 떨렸다. 그것은 내가 1,600년 전 저주를 퍼
부은 자였다. 아직도 내 손바닥이 그의 영혼에 새겨져 있었
다.

"세이즈 크로터."

세이즈의 눈이 크게 떠졌다. 그러더니 차분하게 가라앉았
다. 그의 눈에서는 어떤 원망도 읽을 수 없었다.

"당신은… 그렇군요. 데이오스. 바로 당신이군요."

"1,600년 만의 재회로군."

나는 검에 묻은 피를 털고 검집에 넣었다. 그는 웃으며 고
개를 끄덕였다.

"그 길고 긴 세월을 지나 이렇게 만나다니 우리도 인연이

꽤나 깊군요."

"건강해 보이는군."

"저는 죽을 수 없는 몸입니다. 아시지 않습니까?"

내가 죽지 못하는 몸으로 만들었다. 그때의 저주는 상당히 강력한 것이어서 그는 지금껏 살아올 수 있었던 것이다.

"나를 원망하나?"

"아닙니다. 오히려 당신의 대업에 일부나마 제 쓰임이 있었다는 것에 감사할 따름이지요."

세이즈는 활을 등에 메고는 나에게 다가왔다.

"지금은 저도 그 저주를 억누르고 인간으로서 지낼 수 있습니다. 처음엔 당신이 죽도록 원망스러웠지만 지금은 아닙니다. 왜냐하면……."

"세이즈?"

숲 속에서 어느 여인이 몸을 내밀었다. 그녀 역시 내가 아는 얼굴이었다. 나를 죽이기 위해 자폭한 여인, 세이즈의 짝 오필리어였다.

"여기서 뭐하는 거예요? 응? 저 소년은?"

"여기서 만난 여행자예요, 오필리어."

"그래요? 반가워요. 저 멧돼지를 잡은 거예요? 어린 나이에 대단하네요."

나는 눈을 깜빡이다가 살짝 웃어주었다. 그녀는 확실히 오필리어의 영혼을 가지고 있었다.

"죽지 않기에, 저는 다시 그녀를 만날 수 있습니다."

그가 나에게 미소 지으며 속삭였다. 나는 긴 숨을 내쉬며 그 둘을 바라보았다.

"그나저나 이 멧돼지, 꽤나 큰데 같이 드시겠습니까?"

"그래도 돼요? 제가 요리라면 자신 있어요."

내 말에 오필리어가 웃으며 말하자 세이즈 역시 나를 보며 고개를 살짝 끄덕여 주었다.

"그럼 제 일행 쪽으로 가시지요."

오랜 기간 동안 악연으로 엮인 인연이지만 이것으로 어느 정도 풀리게 되지 않을까?

일행이 있는 곳으로 돌아와 간단한 소개를 마치고 돼지를 손질하기 시작했다. 세이즈가 손질하고 오필리어가 요리를 했다.

"두 분, 부부세요?"

카일이 묻자 오필리어가 살짝 얼굴을 붉히며 고개를 끄덕였다.

"그… 얼마 전에 결혼했어요."

"굉장히 잘 어울려요!"

사라의 말대로 굉장히 잘 어울리는 한 쌍이었다. 여자보다 아름다운 세이즈와 그에 뒤지지 않는 오필리어.

요리가 끝나자 세이즈가 오필리어 대신 요리를 날라 우리 앞으로 가지고 왔다.

“잘 먹겠습니다!”

사라가 먼저 먹기 시작하자 모두 천천히 음식에 입을 대었다. 요리는 굉장히 맛있었다. 이런 산중에서 먹는 요리치고는 고급에 가까웠다.

“오필리어 씨는 좋은 신부군요.”

“그, 그래요?”

내 말에 수줍어하는 오필리어였다.

“세이즈 씨는 무슨 일을 하세요?”

“전 고고학자입니다.”

카일이 묻자 세이즈가 바로 대답했다.

“원래는 소론 왕국 아카데미 교수였는데, 지금은 여행을 다니고 있어요.”

“교수님이셨군요?”

카일도 고고학에 흥미가 많아 세이즈를 호감 어린 눈으로 바라보았다.

세이즈는 산 역사나 마찬가지이니 그 누구보다 더 뛰어난 고고학자일 것이다.

음식을 다 먹고 식기를 정리할 때 오필리어가 정령 하나를 소환했다.

“정령? 물의 정령이네?”

노바가 정령의 정체를 알아보고 말하자 오필리어가 고개를 끄덕였다. 카일과 사라는 놀란 눈으로 정령을 바라보았다.

확실히 저 정령은 내가 만든 거대한 정령에서 뻗어 나온 가지와 같았다. 물의 정령으로 식기를 단번에 닦아버리는 오필리어였다.

"오필리어는 대단한 정령술사입니다."

"조금 정령을 다룰 줄 아는 것일 뿐이에요."

세이즈와 오필리어는 서로의 손을 꼭 잡고 그렇게 다정하게 몸을 기대고 있었다. 나는 조용히 웃으며 시선을 돌렸다.

나는 저런 아름다운 모습을 보기 위해 이 세계를 유지해 나가고 싶었다.

인간은 추악할 때도 있지만 아름다울 때도 있다.

"흥, 부럽네, 레오."

"하아, 노바. 좀 떨어져."

"어때? 이 누나의 품은?"

상념이 모두 날아가 버렸다.

"아, 아줌마! 떨어지지 못해!"

"싫은데?"

"이, 이게?"

카일은 이미 익숙해져 아무렇지도 않게 검을 닦고 있었고, 세이즈와 오필리어는 둘만의 세계로 빠져들어 가고 있었다.

나에게는 무척이나 소란스러운 밤이 될 것 같다.

모두가 잠든 시각.

세이즈와 나는 많은 이야기를 나누었다. 그가 살아온 이야기부터 시작해서 나의 이야기까지.

처음에는 그가 나에게 이야기를 들려주었는데, 조금 시간이 지나자 그는 그동안 세상에 대해 궁금했던 것을 나에게 묻기 시작했다.

나는 지구와 관련된 이야기는 모두 빼고 적절하게 꾸며서 이야기해 주었다.

"그렇다면 지금부터의 일이 중요하겠군요."

"그래."

세이즈는 얌전하게 자고 있는 오필리어를 바라보았다.

"지금의 오필리어도 창을 쓰나?"

"네, 어느 정도는 다루더군요. 덕분에 제가 고생을 좀 했습니다."

"네가 고생할 정도면 대단한 실력이겠군."

굉장히 얌전해 보이는데 제법이다. 세이즈는 부드럽게 웃었다.

"그러고 보니 다른 인연들도 만났습니다."

"다른 인연?"

"네. 세이린이라고 불리는 음유시인을 들어보셨습니까?"

"세이린이라면 그 제국의 요정이었던 세이린 말인가?"

내가 묻자 세이즈는 고개를 끄덕였다.

"굉장히 아름다운 여자입니다. 물론 저에게는 오필리어밖에 존재하지 않지만 말이지요."

"그녀의 일은 안타깝게 되었는데 다행이군."

"그 밖에 다른 이들도 만났는데 모두 잘살고 있더군요. 1,600년 동안 찾아 헤매었는데 갑자기 한꺼번에 나타나니 조금 이상한 기분이 듭니다."

"그런가?"

나는 잠시 말을 멈추었다. 그는 진지한 눈으로 나를 바라보았다.

"제가 도와드릴 일은 없습니까?"

세이즈는 강하다. 1,600년 동안 버텨온 정신력은 굉장히 높을 것이다. 게다가 그가 지닌 무력도 드래곤과 비교해도 전혀 꿇리지 않았다.

하지만 나는 고개를 저었다. 나를 도와줄 이는 세이즈 말고도 아주 많다.

"너는 오필리어나 지켜."

"하하, 그렇군요. 제가 할 일은 그것이지요."

세이즈가 웃자 오필리어가 눈을 비비며 일어났다.

"세이즈?"

"이런, 깨워 버렸군요."

내가 어서 가라고 손짓하자 세이즈는 고개를 살짝 숙여 인사하고는 오필리어에게 가서 그녀를 끌어안고 입을 맞추었다.

행복해 보이는 모습에 나는 피식 웃고는 고개를 들어 밤하
늘을 바라보았다.

내가 창조한 밤하늘.

세계의 수많은 연인들이 이 밤하늘을 바라보고 있겠지?

내가 만들었지만 정말 걸작이었다.

"그럼, 저희는 이만 가보겠습니다."

"즐거웠어요!"

도시에 도착하자 세이즈와 오필리어는 우리에게 인사를
한 후 헤어졌다. 나는 일행과 잠시 떨어져 세이즈를 붙잡았
다.

"괴로운가?"

"괜찮습니다."

오필리어가 심각한 세이즈의 얼굴과 내 분위기를 보고 말
을 붙이지 못했다.

"죽고 싶은가?"

"전 계속 살아가고 싶습니다."

나는 손을 뻗어 그의 가슴에 얹었다.

"너는 자격이 있다."

그의 영혼에 각인되어 있던 어둠을 모두 회수했다. 그리고
주위의 마력을 끌어모아 그 빈자리에 채워주며 축복을 내려
주었다.

“가장 아름다운 것들의 축복을 받으며 가장 자유롭게 살아가라.”

하늘에서 거대한 마력의 기둥이 떨어져 내렸다. 이것은 1,600년 동안 홀로 암흑과 싸워 이긴 자에게 내려주는 상이었다.

세이즈는 자신을 옭아매던 암흑이 사라지자 눈물을 흘렸다. 그리고 오필리어의 손을 꽉 잡았다.

나는 등을 돌렸다.

“감사합니다.”

손을 휘저어주고는 다시 일행을 찾아갔다. 과거에 얽힌 악연이 하나 해결되었다. 지금은 그저 따듯한 눈으로 저들의 행복을 축복해 주는 것이 내가 할 일이었다.

“어디 갔다 온 거야?”

“아, 잠시 세이즈 씨에게 줄 것이 있어서.”

사라의 말에 간단히 대답한 나는 일행을 이끌고 도시 안으로 들어왔다.

동양풍의 도시는 제법 아름다웠다. 그리 높은 건물은 존재하지 않았지만 자연의 풍경과 매우 잘 어울려 계속 봐도 질리지 않았다.

특히 지붕 밑에 매달려 있는 연등은 밤이 되었을 때의 풍경을 기대하게 만들었다. 사람들의 옷도 우리와는 많이 달랐다.

실용성을 강조한 우리 것에 반해 저들은 선이 살아 있고 우아한 복장을 입고 있었다. 굉장히 신비스럽게 느껴졌다.

"오늘 하루는 여기서 보내도록 하자."

"와! 좋았어! 카일, 저기에 가보자!"

"응!"

내 말이 떨어지자마자 환호를 지르며 돌아다니기 시작한 카일과 사라였다.

"난 여기, 이 여관에 있을 테니까 빨리 돌아와."

"레오 오빠! 걱정하지 마!"

냇가에 내놓은 아기를 보는 것 같은 심정이다. 노바는 내 모습을 보고 피식 웃더니 내 코를 잡아당겼다.

"안 어울리는 표정 짓지 마, 귀여운 레오."

"후, 너도 돌아다니지 그래?"

"난 레오랑 있는 게 더 좋은걸."

내가 어깨를 으쓱하자 소리 내어 웃기 시작한다.

"일단 방을 잡자. 방 두 개면 괜찮겠지?"

"난 별로 상관없는데, 레오랑 같이 방을 써도."

"내가 상관있거든?"

"아, 나 상처받았어."

내가 여관 안으로 들어오자 노바는 웃는 표정을 고수한 채 나를 따라왔다. 방을 예약하자 키를 내어주었다. 그중 하나를 노바에게 주었다.

"그럼 잠이나 자야겠어. 레오, 할 말 있으면 과감히 침대에……."

"잘 자라."

노바를 방에 밀어 넣고 문을 닫았다. 나는 잠시 혼자 피식 웃다가 방 안으로 들어갔다.

창문을 열고 밖의 풍경을 바라보았다. 휘날리는 분홍색 꽃잎이 환상적인 광경을 연출해 내었다.

듣기로는 블루 드래곤의 레어 근처에 있는 도시라고 한다. 아래를 바라보자 정중하게 인사를 하는 사람 형상의 블루 드래곤이 보였다.

내가 손을 휘젓자 모습을 감추었다.

'그러고 보니 이 근처에 대륙 모든 드래곤이 집결해 있군.'

최초의 드래곤인 드래곤들의 수장들을 제외하고 그들이 낳은 드래곤의 숫자는 대충 40 정도이다. 드래곤 하나로도 큰 도시 하나는 날려 버릴 수 있을 만한 존재였는데, 그런 존재들이 하나같이 모두 숨어서 카일을 주시하고 있었다. 사라에게 다가가는 음흉한 놈들을 조용히 처리하는 솜씨는 가히 일품이었다.

'걱정하지 않아도 되겠군.'

최대한 변수를 줄이려는 모습에 나는 안심하며 침대에 누울 수 있었다.

피곤이 몰려왔다.

어둠을 억누르는 일은 막대한 정신력의 소모를 가지고 왔다. 어쩔 때는 몸을 움직이는 것이 버거울 정도로 피로해질 때가 있다.

나는 깊게 숨을 내쉬고 눈을 감았다.

나는 꿈속에 있다.

거대한 어둠을 보며 이것이 내 의식 세계임을 자각했다. 막대한 어둠이었다. 인간이 내뿜는 모든 어둠이 내 몸 안에 존재했다. 그것이 나를 먹어치우기 위해 끊임없이 공격해 왔다.

때로는 협박을 하며 때로는 달콤한 말로 나를 타락시키기 위해 안간힘을 썼다.

하지만 나는 버텨내고 있다. 꿈에서조차 이어지는 괴롭힘은 나를 더욱 강하게 만들어주었다.

나의 정신은 이제 결코 흔들리지 않는다.

"나는 승리자다."

더 이상 휘둘릴 이유가 없다.

나는 강한 힘을 갈망하지 않는다.

어떤 탐욕을 품지도 않는다.

내가 바라는 것은 단 하나, 이 세계를 행복하게 만드는 일뿐이다.

우리가 살아갈 이 세계를 지키는 일뿐이다.

그러니까 나는 어둠에게 말해주고 있다.

너희들의 발악은 헛수고라고.

얌전히 사라지라고 말이다.

잠에서 깨어났다. 옆에서 따듯한 느낌이 들어 고개를 들어 보니 노바가 내 옆에 잠들어 있었다.
"이 여자가……."
나는 웃음을 내뱉고 머리카락을 넘겨주었다. 보라색 머리카락이 제법 부드러웠다.
"으, 으응, 깼어?"
"언제 들어온 거야?"
"네가 잠들었을 때?"
어둠에 신경을 쓰느라 감각이 둔해지기는 둔해졌나 보다.
"굉장히 괴로운 표정을 짓고 있어서 말이지, 누나가 좀 위로해 줬어."
위로.
마음이 따듯해졌다. 위로받고 있다는 것이 이렇게 큰 힘이 될 줄은 몰랐다.
"충분히 위로가 되었어."
"후후, 그래?"
뻐근한 몸을 일으키며 자리에서 일어났다. 밖은 어두웠다. 반나절을 꼬박 잔 것 같다.
달칵!
"오빠!"

문이 열리며 사라와 카일이 들어왔다. 품에 무언가를 잔뜩 안고 있었는데 상당히 기뻐하고 있었다.

"뭐야, 그건?"

"어느 자상한 아저씨가 폭죽을 잔뜩 줬어."

사라는 뺨에 홍조까지 그리고 있었다. 카일은 멋쩍은 미소를 그리며 나를 바라보았다.

"밖에 나가자. 이거 터뜨려야지."

나는 카일의 말에 노바를 바라보자 노바는 고개를 내저으며 웃었다.

"나쁘진 않겠네."

노바도 은근히 기대하는 눈치였다.

"어서! 형, 나가자!"

"알았어. 자, 잠깐."

"오빠, 꾸물거릴 시간 없어!"

나의 두 손을 잡아끄는 카일과 사라 탓에 외투조차 걸치지 못하고 밖으로 나와 버렸다.

밖은 시끄러웠다. 요란하게 터지는 폭죽이 밤하늘을 장식하고 있었다. 카일이 건네준 폭죽을 손에 쥐자 노바가 손을 튕겨 불을 붙여주었다.

팡! 팡!

카일과 사라도 신이 나서 폭죽을 터뜨리기 시작했다. 노바는 비교적 얌전한 폭죽을 손에 들고 은근히 웃으면서 분위기를 즐겼다.

"술이 생각나는군."

노바는 그렇게 말하고는 혼자 피식거리며 웃기 시작했다.

"좋구나."

나의 얼굴에도 어느새 부드러운 미소가 자리 잡고 있었다. 어쩌면 성검은 나에게 이 광경을 보여주기 위해서 인간계로 나온 건지도 모른다.

화려하게 터지며 어둠을 밝히는 폭죽처럼 나의 어둠을 밝히고 있는 것은 여기 있는 나의 동료들이었다.

나는 이 여행이 무척이나 즐거웠다. 이런 여행을 그 무수한 세월을 견디면서 바라고 있었다.

"오빠! 이거 터뜨리자!"

"그, 그건 좀 큰데?"

"카일! 남자가 스케일이 커야지!"

어디서 구했는지 자기 몸보다 큰 폭죽을 들고 와서는 내 앞에 내려다 놓았다.

"이건 볼 만하겠는걸?"

노바가 불을 붙이자 심지가 스파크를 튀며 타들어갔다.

"터진다! 뛰어!"

나는 빠르게 사라지는 심지를 보며 외치고 달려 나갔다. 모두 웃으며 나를 따라왔다.

웃음소리가 내 귓가에 내려앉았다.

"으히히! 터져라!"

"가랏! 대형 폭죽!"

"화려했으면 좋겠네."

사라와 카일, 그리고 노바는 내 주위에 앉아 곧 터질 폭죽을 기대하는 눈으로 바라보았다.

슈웅! 콰아아아!

"우옷!"

모두가 감탄할 만큼 굉장한 불꽃이 밤하늘로 튀어올랐다. 그리고 엄청난 굉음과 함께 터졌다.

폭죽이 터지며 밤하늘에 그린 것은 불을 뿜고 있는 거대한 드래곤이었다.

나를 사랑한다는 말이 고대어로 쓰여 있었다.

나의 기분을 좋게 만들어주기 위해 아주 열심이다. 이번 축제도 나를 위해 연 것이 틀림없었다.

나는 피식 웃으며 밤하늘을 바라보며 누웠다. 그러자 모두가 내 옆에 누워 같이 밤하늘을 바라보았다.

주위에서 느껴지는 온기에 나는 더없이 행복한 표정을 지었다.

이 시간, 이 공간이 계속되는 한 나의 행복은 끝나지 않을 것이다.

다음날.

우리는 본격적으로 카이론 산맥으로 향하기 위해 짐을 챙겼다. 잡화점에서 여러 가지 물품을 사고, 식료품을 가득 샀다. 노바가 제일 먼저 약속 장소에서 기다리고 있었다. 등에 가방을 메고 여행자 복장으로 갈아입은 모습이었다.

우리가 모두 모이자 노바가 앞장서서 이동 수단이 있는 곳으로 향했다.

노바가 안내한 곳은 공항 비슷한 분위기가 났다.

"머, 멋지다!"

카일이 감탄성을 내질렀다. 나도 살짝 놀란 표정으로 바라보았다. 내 눈앞에 있는 건 거대한 새였다.

등에 말과 같이 안장을 하고 있는 새.

이용료도 그렇게 비싼 편은 아니었다. 돈을 지불하고 거대한 새에게 다가갔다.

"이 새는 페리페로라 불려. 굉장히 순해서 요즘은 보편화되고 있다고 해."

노바의 말처럼 페리페로는 굉장히 순했다. 거대한 눈을 껌뻑이며 우리가 잘 탈 수 있게 자세를 낮추었다.

2인승이라 두 마리에 나누어서 탔다. 사라와 카일이 같이 탔는데, 사라가 신이 나서 카일의 앞에 앉았다.

카일 역시 흥분한 표정이다.

나는 피식 웃으며 입을 떼었다.

"카일, 신이 나 보이는데?"

"하늘은 나는 건 용사의 로망이야!"

"그러냐?"

내가 앞자리에 안고 노바가 내 뒤에 앉았다. 공항 직원이 밧줄을 풀자 페리페로가 힘껏 하늘로 날아올랐다.

하늘로 수직 상승해서 날개를 활짝 펴며 빠르게 활강했다. 굉장한 속도였다.

"신나는데?"

"더 빨리!"

나란히 날던 카일과 사라의 페리페로가 우리를 앞질러 갔다.

"좋아, 우리도 저 애송이들에게 질 순 없지."

고삐가 있긴 하지만 조종하는 것으로 보이지는 않았다. 페리페로가 항로를 기억해 지정된 곳으로 이동하는 것이 분명했다.

"카일, 꽉 잡아!"

"응?"

"윈드!"

파아앙!

노바가 뒤를 향해 바람을 뿜어내자 페리페로가 급가속을 시작했다.

순식간에 카일과 사라를 앞질러갔다.

"우왓! 치사하다!"

사라의 목소리가 들려왔지만 바람에 파묻혀 잘 들리지 않았다.

원래는 고글을 써야 하지만 나는 쓰지 않고 바람을 맞았다. 상쾌한 기분이었다.

우리는 숲 속 위를 날고 강을 건너 조그마한 산을 하나 넘었다.

"기분 좋지?"

노바가 내 어깨에 머리를 올려놓고는 물었다.

"응, 좋은데?"

기분이 정말 좋았다.

하늘을 나는 것이 이렇게 기분 좋은 것인지 몰랐다. 나는 먼 곳을 이동할 땐 그저 텔레포트를 해서 갈 뿐이었으니까.

정상 상태라면 행성의 어느 곳이든 순식간에 이동할 수 있으니 하늘을 날아 이동하는 건 불필요했다. 하지만 이런 기분을 느낄 수 있다면 가끔은 하늘을 나는 것도 괜찮을 것 같았다.

"레오, 나는 왠지 네가 낯설지 않아."

"그래?"

"응, 이게 인연이 아닐까?"

나는 웃음을 내뱉었다.

"1,600년 전에 우리는 이미 만났던 건지도 모르지."

"호오? 꽤나 낭만적인 이야기를 하는데? 제법이야."

“하하.”

우리의 인연은 과거로부터 지금에 이르렀고, 미래에도 존재할 것이다.

이 세계가 유지되는 한.

한 달 정도의 시간을 소비해서 카이론 산맥의 초입까지 도달할 수 있었다. 페리페로를 이용할 수 있는 곳은 대도시뿐이라 우리는 주로 도보를 이용해서 목적지까지 왔다.

한 달이라는 시간을 소비했지만 아깝게 느껴지진 않았다. 서로를 더욱 잘 알게 되었고, 이제는 가족처럼 느껴졌다. 노바도 사라와 티격태격 다투기는 하지만 서로 신뢰하고 있다는 것을 느낄 수 있었다.

가는 길목에 짐승을 잡아 팔거나 의뢰를 해결해서 돈을 충당했다. 복잡한 일에 휘말린 적도 있지만 어쨌든 지금은 무사하니 거론하지 말도록 하자.

“어디서부터 뒤져야 할까?”

카일은 진지하게 고민하기 시작했다. 나는 별로 생각을 깊게 하지 않았다. 어차피 산맥으로 들어가게 되면 드래곤들이 알아서 우리를 인도해 줄 것이기 때문이다.

여기까지 오는 동안 받은 습격은 딱 우리 수준에 맞아서 굉장히 많은 성장을 할 수 있었다. 노바가 이상하다고 말하기는 했지만 알아차릴 염려는 없었다.

“나도 카이론 산맥은 처음인데, 꽤나 험하다고 들었어.”

노바는 조금 불안하다는 표정이었다.

“일단 들어가자.”

내가 선두에서서 들어가자 노바와 카일, 사라 순으로 따라 들어왔다.

“역시 우리 카일은 듬직하다니까.”

“거기 야한 아줌마, 좀 떨어지시지?”

“응? 거기 있었나, 괴력녀?”

늘 이런 분위기였다.

“꽤나 어두침침한데? 이 넓은 산맥을 다 뒤져야 하는 거야?”

카일의 말처럼 산맥은 무척이나 넓었다. 무턱대고 찾아 나섰다가는 평생이 걸려도 못 찾을 것이다.

“그럴 줄 알고 이 누님이 이걸 준비했지. 짜잔!”

노바가 품에서 꺼낸 것은 고급 가죽으로 된 지도였다.

“요 앞마을에서 팔길래 가지고 왔어. 내 안목으로는 분명 이건 레어 아이템이야.”

“레어 아이템?”

카일이 궁금한 듯 묻자 노바가 지도를 펼쳐서 보여주었다.

“봐봐. 엄청 자세하게 나와 있지? 이 능선을 잘 보면 어색한 부분이 보일 거야.”

“어? 정말 그러네.”

카일이 신기한 듯 계속해서 지도를 바라보았다.

"그런데 아줌마, 이런 거 살려면 엄청 비쌀 텐데, 혹시 훔친 거야?"

"정당한 대가를 치르고 샀어! 근데 이상하게 엄청 싼값에 팔더라구."

드래곤이 일부러 싸게 판 것 같다.

역시 비밀리에 잘 활동해서 기분이 좋았다. 천족 같았으면 어색한 연기를 펼치며 대놓고 알려줬을 것이다. 현실 감각이 뛰어나 정말 마음에 드는 드래곤들이었다.

"이미 알려진 던전을 빼면 대충 세 군데로 줄일 수 있겠네?"

노바는 확실하게 표시를 해가며 던전의 위치를 유추해 냈다.

"그럼 가장 가까운 곳으로 가자. 이 위치가 가장 가깝지?"

"오, 레오, 지도를 볼 줄 아는구나?"

"예전에 배운 적이 있어."

"다재다능한 남자네."

나는 어깨를 으쓱거리고 앞장서서 가기 시작했다. 사실 딱히 지도를 볼 필요가 없었다. 표시한 곳 중 한곳에서 드래곤의 기척이 가장 많이 느껴졌기 때문이다.

"도착했군."

늑대 무리를 몇 번 상대해 주고 기척을 따라 이동하니 빠르게 던전 입구로 이동할 수 있었다. 던전 입구이긴 한데, 입구가 거대한 비석으로 막혀 있었다.

쾅!

"대단한 강도인데?"

노바가 마법으로 뚫으려 해도 뚫리지 않았다. 나는 비석을 쓰다듬다가 마력의 흐름을 발견했다. 마력은 비석을 따라 내려와 그 옆에 있는 돌무더기로 향했다.

"카일, 저 돌들을 베어봐."

"응? 알았어."

검을 뽑아 돌을 가르자 비석이 소리를 내며 무너져 내렸다.

"레오, 대단해! 어떻게 발견한 거야?"

"조금 인위적인 것이 느껴졌거든."

"흐웅, 역시 알면 알수록 매력적인 남자라니까."

나는 노바의 말을 무시하고 안으로 들어섰다. 횃불 하나를 꺼내 불을 붙여 시야를 확보했다. 진짜 던전처럼 음습한 분위기가 잘 연출되어 있었다.

'좋군.'

카일과 사라의 긴장한 얼굴을 보니 얼마나 현실감 있는지 잘 알 수 있는 대목이었다. 노바의 눈빛에서도 은은한 긴장을 읽을 수 있었다.

"사람의 손을 거치지 않은 던전, 이건 진짜배기야."

노바는 조금 흥분한 모양이다. 나는 침착한 표정을 지으며 낮게 목소리를 깔았다.

"조심해. 함정이 있을지도 몰라."

딸깍—

"응?"

카일이 무언가를 밟았다.

슈슈슈슉!

나는 정면을 막아서며 빠르게 검을 뽑아 날아오는 화살을 갈랐다. 사방에서 날아오는 화살을 간신히 막은 우리는 작게 안도의 한숨을 내쉬었다.

"카일, 발밑을 잘 보고 따라와."

"으, 응. 알았어."

내 말에 카일은 고개를 끄덕이며 말했다. 함정을 피하자 갈림길이 등장했다.

"어디로 가야 하지?"

카일이 한 걸음 나와 두 갈래 길을 살펴보았다. 하나는 용사의 길이라 쓰여 있었고, 하나는 신의 길이라 쓰여 있었다.

"용사? 신?"

노바가 룬으로 된 그 글씨를 용케 읽고는 머리에 의문표를 띄웠다.

"아무래도 용사의 길일까?"

카일과 사라가 용사의 길 쪽에 섰다. 노바는 꼼꼼히 주위를 살피다가 용사의 길 쪽으로 갔다. 하지만 아직 들어가지는 않왔다.

"레오, 어디로 갈……."

덜컥!

"으, 으악!"

"꺄악!"

"뭐, 뭐야? 꺄악!"

갑자기 땅바닥이 꺼지며 세 명이 아래로 떨어졌다. 나는 놀라지 않고 작게 웃으며 신의 길 쪽을 바라보았다. 칼베로스가 씨익 웃으며 나를 향해 걸어왔다.

"좋은 연출이었다."

"마음에 드시니 다행입니다."

"이들은 어디로 떨어지지?"

칼베로스는 열려진 바닥을 바라보며 입을 떼었다.

"저희가 만든 시련의 방으로 떨어집니다."

"시련의 방?"

"네. 정신계 환각 마법이 걸려 있는 방이라 육체적인 타격은 전혀 받지 않는 안전한 공간입니다. 그곳에서 시련을 이겨 내면 분명 한층 더 성장할 것입니다."

나는 흡족한 미소를 그릴 수밖에 없었다. 전혀 위험하지도 않고 성과가 아주 뛰어난 그런 훈련실을 만든 것이다. 마법적인 재능이 뛰어난 드래곤들이 모여 만든 방이니 그 효율성은 말할 필요도 없었다.

"그럼 가시지요. 천천히 차라도 한잔하시면서 기다리시지
요."

"그러는 것이 좋겠군."

칼베로스가 앞장서 신의 길으로 들어가자 나 역시 그를 따
라갔다. 신의 길을 지나자 호화로운 방 하나가 나왔다. 그곳
에서 드래곤들의 수장이 모여 회의를 하고 있었다. 내가 들어
가자 모두 자리에서 일어나 정중히 인사했다.

"열심히 하는 모습, 보기 좋군."

내 칭찬에 기뻐하는 기색이 역력했다. 테이블 중앙에 있는
구슬에서 일행의 모습이 비치고 있었다. 자신의 가장 약한 부
분, 숨기고 싶은 것이 적으로 등장해 끊임없이 모두를 괴롭히
고 있었다.

그들이라면 잘 이겨낼 것이다.

카일의 적은 나였다. 정확히 말하자면 카일의 아버지의 모
습을 하고 있는 나였다.

분명 괴로울 것이다. 하지만 이겨내야 한다.

'힘내, 카일.'

나는 묵묵히 수정구를 바라보았다.

그후, 하루가 지나고 노바가 제일 먼저 시련을 통과했다.
한 시간 간격으로 카일과 사라가 시련을 통과해서 다음 장소
로 이동했다. 각자 시련의 방에서 나와 긴 복도를 따라 가면

최종 목적지가 있는 형식이었다.

내가 제일 마지막으로 그곳에 도착했다.

"레오 형!"

"오빠!"

"레오!"

내 이름을 부르며 모두 달려왔다.

"무사했구나!"

눈물마저 글썽이는 사라와 카일, 노바는 나를 부둥켜안고 흐느껴 울었다.

"뭐야, 다들. 괴물이라도 만난 거야?"

"응?"

다들 놀란 눈으로 나를 바라보았다.

"오빠는 아무것도 못 봤어?"

"나는 그냥 좋은 방에 갇혀서 나갈 수가 없길래 한숨 잤지. 그러더니 문이 열리더라고."

내가 태연하게 말하자 모두 벙 찐 표정을 지었다.

"무사했으면 됐어."

노바는 그렇게 말하고는 눈물 자국을 지우며 쿨하게 돌아섰다. 카일과 사라는 나를 지그시 바라보며 억울하다는 표정을 지었다.

나는 간단히 무시해 주었다.

"자자, 저기가 목적지 같은데?"

역시 거대한 흰 문이 있었다. 안으로 들어가자 제단 위에 신비스러운 빛을 내뿜는 보석이 있었다.

"이게 달빛의 조각?"

카일이 다가가 달빛의 조각을 들자 빛이 사라졌다. 카일은 우리를 바라보며 달빛의 조각을 들어 보였다.

"좋았어! 이제 하나 남았다!"

사라가 주먹을 불끈 쥐며 소리쳤다. 노바도 웃으며 기뻐했다.

서로 웃으며 눈빛을 교환했다.

"자, 나가자. 내가 탈출로를 발견했어."

모두 나를 따라왔다.

기분 좋게 웃고 떠드는 분위기가 마음에 들었다. 이제 조금 괴로워질 수도 있겠지만 이 밝음은 절대 잃어버리지 않았으면 했다.

Chapter 09
진정한 시련

우리는 밝은 분위기 속에서 던전을 나왔다. 그중에 억지웃음을 짓고 있는 건 바로 나였다.

앞으로 벌어질 일을 누구보다도 잘 알고 있기 때문이었다.

"레오, 무슨 일 있어?"

"맞아, 오빠. 표정이 안 좋은데?"

나는 고개를 저었다.

"조금 피곤해서 그래."

"그럼 이 누나가 안마해 줄까?"

"내가 해줄게!"

양팔을 잡아당기는 노바와 사라 덕분에 겨우 웃을 수 있었다.

"형은 인기 많아서 좋겠다."

놀리는 듯한 카일의 말이었다. 그런 분위기 속에서 숲속을 걸었다. 그리고 얼마 걷지 않아 공터 하나가 나왔다. 던전에 올 때에도 지나왔던 공터다.

갑작스럽게 마법이 작렬했다. 노바가 빠르게 앞으로 나와 마나 실드를 펼쳐 막았다.

노바는 마나 실드가 깨지자 주저앉고 말았다. 상당한 마력이었기에 노바라도 상쇄시키는 것이 한계였다.

"누구냐!"

내가 검을 뽑으며 외치자 허공을 찢고 검은 로브를 입은 자들이 내려왔다.

카일의 검을 쥔 손이 부들부들 떨렸다.

"네, 네놈들은!!"

분노로 일그러진 카일의 표정은 보기 좋지 않았다. 나는 카일의 어깨에 손을 얹었다.

"진정해."

"아, 응. 고마워."

카일은 심호흡을 하고 다시 검을 그들에게 겨누었다. 사라는 노바의 앞을 막아서며 방어 자세를 취했다.

"아줌마, 가만히 있어."

"부탁 좀 할게, 괴력녀."

전투 불능이 된 노바가 힘겹게 웃었다. 의식을 유지하는 것이 한계인 듯했다.

나는 검은 로브를 입은 자 중에서 가면을 쓴 자를 노려보았다. 그는 이그니지프였다. 지금은 마왕의 오른팔 역할을 연기하는 중이었다.

"네놈들이 가지고 있는 두 물건, 넘겨주실까?"

"어림없는 소리!"

가면 너머로 웃음소리가 들려왔다. 한층 안정된 연기 톤이었다.

"뭐, 좋아. 이 자리에서 모두 죽이는 것이 좋겠지. 저번엔 놓쳤지만 말이야."

나는 공격 자세를 취했다.

"레오 형, 사라, 조심해. 저놈들, 엄청 강해."

"저놈들이 저번에 네가 말했던 아버지의 원수야?"

사라의 말에 카일이 고개를 끄덕이고는 이를 악물고 검을 치켜들었다.

"쳐라!"

이그니지프가 손짓하자 검은 로브들이 달려들었다. 이제 드래곤들이 꾸민 무대가 끝나고 마족의 무대가 연출되니 로브를 입은 자들은 모두 마족이었다.

마족답게 거칠게 카일과 사라를 압박했다. 카일과 사라의 실력은 이제 수준급이었지만 마족을 당해낼 수는 없었다.

“하압!”

나는 기합성을 내지르며 카일과 사라를 도왔다. 카일이 성검을 꺼내려 했지만 그 틈을 주지 않았다. 결국 수세로 몰리다가 카일과 사라는 바닥에 쓰러졌다.

“카일! 사라! 괜찮아?”

나는 힘겹게 버텨서며 카일과 사라의 앞을 막았다.

“하아! 하아! 크윽! 너무 강해.”

카일은 억지로 일어나려 했지만 다시 쓰러졌다. 그것은 사라 역시 마찬가지였다.

힘겹게 싸우며 검은 로브들을 정리했다. 그러자 이그니지프와 나만이 이 자리에 남았다.

“대단하군. 성검 보유자도 아닌 주제에 이 정도까지 버텨내다니! 네놈은 친히 내가 목숨을 거두어주마!”

나는 반쯤 깨진 검을 들어 이그니지프에게 겨누었다.

“형! 도망쳐!”

카일이 간절한 목소리로 나에게 말했다. 사라와 노바 역시 입을 뻥긋거리며 나에게 도망치라고 말했다. 나는 부드럽게 웃어주었다.

자신의 목숨을 희생해서라도 나를 도망치게 하고 싶다고 말하고 있다. 그 마음은 더없이 나에게 힘이 되어주었다. 어둠을 더욱 깊게 억누를 수 있는 에너지가 되어주었다.

‘시련을 딛고 성장해라!’

나는 공격 자세를 취했다. 그리고 마력을 검에 모았다. 내 검에 모인 마력이 심상치 않다는 것을 모두가 알아차렸다.

"네놈!"

이그니지프는 두 손을 뻗어 빙계 마법을 준비했다. 나는 자세를 낮추고 그에게 달려들었다.

*　　*　　*

카일은 몸을 움직일 수가 없었다. 치명적인 상처는 아니지만 몸이 경직되어 움직일 수가 없었다. 그것은 사라 역시 마찬가지였다. 그저 눈을 뜨고 레오와 이그나의 싸움을 바라볼 수밖에 없었다.

"레… 오!"

노바가 힘겹게 레오의 이름을 불렀다. 순간 레오의 신형이 사라지며 이그나와 격돌했다. 노바가 느끼기에도 무시무시한 빙계 마법이었다. 하지만 레오의 검기도 보통 이상이었다.

"레오 형!"

"오빠!"

노바는 두 눈을 부릅뜰 수밖에 없었다. 그 결과가 너무 끔찍했기 때문이다. 이그나의 가슴에 큰 상처가 생겨 피가 뿜어져 나오고 있긴 했지만 레오의 몸이 모두 얼어붙었다. 계속해서 얼어붙어 거대한 크리스털이 되어버렸다.

“크윽!”

이그나는 비틀거리며 상처를 부여잡았다.

“나에게 이 정도 상처를 주다니, 네놈!”

레오가 갇힌 크리스털을 부수어 버리려다가 다시 바닥에 무릎을 꿇었다. 이글거리는 눈으로 카일을 바라보다가 공간을 찢고 사라졌다.

정적이 가라앉았다.

겨우 지켜냈던 정신이 아득히 멀어졌다.

노바가 다시 깨어났을 때, 카일과 사라는 울고 있었다. 크리스털 안에 있는 레오를 보며 눈물을 흘리고 있는 것이다.

노바는 힘겹게 일어나 크리스털로 다가갔다. 그러다가 털썩 주저앉고 말았다. 갑작스럽게 닥친 이 절망이 그녀에게는 실감이 되지 않았다.

“노바 누나…….”

카일은 그녀의 이름을 불렀다. 노바 역시 두 눈에 맺힌 눈물이 보였기 때문이다.

사라가 노바의 팔에 매달렸다.

“오빠를, 오빠를 살릴 수는 없는 거야?”

노바는 입술을 깨물었다.

“나에게는… 불가능해.”

“흐, 흐윽!”

사라의 얼굴에 절망적인 표정이 떠올랐다.

이들의 여행의 중심에는 언제나 레오가 존재했다. 부드러운 카리스마로 옳은 길로 이끄는 레오. 커다란 기둥으로서 이 일행을 이끄는 중심축 같은 존재였다.

레오를 잃은 상실감은 너무나도 커다랬다.

카일은 고개를 떨구고는 주먹을 꽉 쥐었다. 카일의 아버지를 죽인 것도 모자라 이제는 레오까지 저렇게 만들었다.

카일은 도저히 화를 참을 수 없었다.

"이그나!!"

가면의 사나이의 이름을 울부짖었다. 그들의 뒤로 마력의 유동이 생겼다.

노바가 뒤를 경계하며 바라보자 등장한 것은 칼베로스였다.

마탑의 수장, 모든 마법사의 우상 칼베로스였다.

"하, 할아버지?"

"칼베로스님?"

사라와 카일이 칼베로스의 이름을 부르자 놀란 것은 노바였다. 그녀 역시 칼베로스의 위명은 익히 들어왔기 때문이다. 그녀는 간절한 눈으로 칼베로스를 바라보았다.

"모든 마법사의 우상이시여, 부디 레오를 살려주세요."

"음, 심상치 않은 마력의 유동을 느껴 와봤네만 이런 일이 벌어지리라고는……."

칼베로스는 신음성을 내며 크리스털로 다가갔다.

"칼베로스님! 부디 형을 살려주세요!"

"할아버지!"

칼베로스는 크리스털에 손을 대고는 깊은 숨을 내쉬었다.

"힘들 것 같구나."

"하, 할아버지? 할아버지는 대륙에서 마법을 제일 잘 다루잖아요? 제, 제발 어떻게든……."

"이 마법은 고대 마법이다. 당장 해동하기는 힘들어."

"당장이라 하시면……?"

노바가 희망을 갖고 묻자 칼베로스는 고개를 끄덕였다.

"그래, 대륙에 흩어진 보물들, 그것은 모든 마법을 파훼시키는 재료지. 그것만 모은다면 어떻게든 해동시킬 수 있을 거야."

카일은 품에서 두 개의 보석을 꺼냈다.

"마지막 하나만 있으면 형을 살릴 수 있나요?"

칼베로스는 인자하게 웃으며 카일에게 다가갔다.

"그렇단다, 카일. 어쩌면 이것이 모두 하늘이 너에게 내려준 시련인지도 모른다. 용사의 시련 말이다."

"아버지도 그런 말을 했어요."

카일은 고개를 떨구었다.

"전 용사가 아니에요. 용사는 모두를 지키는 사람이잖아요? 저는 그렇게 하지 못했어요. 성검은 저 따위에게 어울리지 않아요.”

“카일······.”

칼베로스는 슬픈 눈으로 카일을 바라보았다.

“하지만 이런 저라도 할 수 있는 일이 있다는 걸 알았어요. 그건 아버지가 가르쳐 줬고 레오 형도 가르쳐 준 거예요.”

카일은 고개를 들어 칼베로스를 바라보았다.

“용사가 되지는 않겠어요. 용사가 주위 사람을 아프게 한다면, 그런 시련을 받아야 한다면 전 용사의 꿈을 버리겠어요. 전 동료를 지키는 검사가 될 거예요!”

카일은 주먹을 쥐어 올렸다.

“이그나를 쳐부수고 레오 형을 구하겠어!”

카일과 눈이 마주친 사라와 노바가 고개를 끄덕였다. 칼베로스는 깊게 감았던 눈을 떠서 이들을 모두 한 차례씩 바라보았다.

“이그나, 그는 마왕의 오른팔로 알려져 있지. 고대 문헌에 존재하는 강력한 자야. 그를 상대하려면 지금보다 훨씬 강해져야 한다. 힘들더라도 견뎌낼 수 있겠느냐?”

모두 고개를 끄덕였다. 칼베로스는 만족스럽게 웃었다.

“그렇다면 나를 따라와라. 내가 너희를 강하게 만들어주마.”

칼베로스의 말은 그들에게 희망이 되어주었다.

카일과 사라, 노바는 더욱 성숙해진 눈으로 칼베로스를 바라보았다. 그리고 그를 뒤따라갔다.

이것으로 더욱 큰 성장을 할 수 있을 것이다.

＊　　　＊　　　＊

칼베로스와 일행이 사라지자 나는 공중에서 모습을 드러냈다. 크리스털에 속에 있는 것은 이그니지프가 건 환상 마법에 의한 결과였다.

"연기가 능숙해졌군."

"이 정도는 보통입니다."

담담하게 말하는 이그니지프의 귀가 새빨갛게 변해 있었다. 그는 부끄러워하고 있었다.

나는 피식 웃고는 몸을 변형시켰다. 원래의 나의 모습으로 변형시키고 몸을 이리저리 움직여 보았다.

"역시 원래의 몸이 편하군."

오랫동안 나와 함께해 온 몸이다. 이 몸이 편한 것은 당연했다.

이그니지프가 준비한 검은 로브를 입고 그의 가면과 똑같은 가면을 받았다. 이제 이그니지프의 역할은 끝났다. 내가 마왕의 오른팔로서 카일과 대립하는 일만 남은 것이다.

"기대가 되는군요."

"음?"

"카일이라는 소년, 어디까지 성장할 수 있을지 말입니다."

드물게 자신의 감정을 표현하는 이그니지프였다. 그도 카일이 마음에 든 눈치였다.

"성검을 자유자재로 다룰 수 있을 정도가 되지 않으면 곤란해."

칼베로스가 가르친다고 했으니 걱정할 필요는 없을 것 같다.

"우리는 다음 무대로 가자."

"예. 그럼 이동하겠습니다."

이그니지프가 손을 튕기자 순식간에 텔레포트 되었다. 우리가 온 곳은 고대의 숲이었다. 예전에 신성왕국이 있던 곳과 가까운 곳이다.

신성왕국의 모습은 이제 찾아볼 수 없었다.

내가 손수 부수어 버린 왕국, 그리고 대현자를 만났던 왕국.

대현자는 이 세계의 진실을 추구했던 인간이다.

인간의 몸으로 한계를 극복한 그런 존재.

나의 고통을 처음으로 발견해 낸 존경받을 만한 존재다. 그리고 이 창조된 세계에서 사귄 가장 최초의 친구다.

"그대도 지금쯤 이 창조된 공간을 돌아 어딘가에 나타났겠지."

이 세계를 알고, 내가 가야 할 길을 알고 그것을 옆에서 묵묵히 도와준 친우에게 이 자리에서 감사를 전했다. 그도 평화롭고 행복하게 유지되는 세계에서 또 다른 즐거운 삶을 찾을 것이다.

어쩌면 홀연히 나타나 나와 다시 술잔을 기울일 수도 있다. 그는 그만큼 상상을 뛰어넘을 정도로 뛰어난 존재였다.

"마스터."

"왔나?"

이 무대는 마족이 연출하는 무대이다. 그러다 보니 벌써부터 흉흉한 기세가 넘실거렸다. 검은 로브를 입은 마족들이 줄을 지어 서 있었다.

예전 전쟁을 벌였을 때의 모습이 떠올라 고개를 내저었다.

얼마나 걸릴지는 모르지만 미리부터 준비한다고 부산 떠는 모습이 어린아이들처럼 느껴졌다. 검은 로브를 자랑하며 이야기꽃을 피우는 모습은 아이들과 다를 바 없어 보였기 때문이다.

"언제쯤 올 것 같아요?"

"오래 걸리진 않을 거야."

카일은 강한 아이다. 분명 더욱 강해져서 나타날 것이다. 시련을 이겨낸 소년은 훌륭한 용사가 되어 나를 찾아올 것이다.

"근데 태양의 눈물은 어디에 있지?"

내가 레이첼에게 묻자 레이첼은 품속에서 붉은 보석 하나를 꺼냈다.

"마계의 보물 중 하나예요. 아름답죠?"

"과연, 태양을 닮기는 했군."

붉은 빛으로 빛나는 보석은 태양이 흘린 눈물 같았다. 카일과 일행은 저것을 찾으러 이곳에 도달할 것이다. 그때 모든 것을 마무리 지어야 했다.

내 몸속에 있는 어둠을 억누르며 정신을 가다듬었다. 카일이 성장할 때까지 버틸 수 있다. 예전이라면 힘들었겠지만 지금이라면 웃으면서 버틸 수 있다.

"모두 기뻐 보이는군."

"1,600년 만에 인간계 외출이니까요. 고위 마족들은 인간계 출입을 하려면 상당히 까다로워요."

레이첼의 경우는 내가 허락했으니 상관없었지만 다른 이들은 달랐다. 마계의 문 근처에 마룡왕 이그니지프가 살고 있으니 슬금슬금 기어 나오다가는 순식간에 죽임을 당할 것이다.

천계에는 코스모스가 있어 알아서 잘 관리를 해주고 있었다.

"카일이 올 때까지 자유 행동을 윤허하지만 인간계에 영향을 주는 일은 하지 마라."

"알겠어요. 걱정 마세요."

"나는 네가 걱정이다, 레이첼."

레이첼은 빙긋 웃으며 혀를 살짝 내밀었다. 갈수록 어려지는 성격이 낯설었지만 본인이 저렇게 좋아하니 참아주도록 하자.

상처와 깊게 자리 잡은 흉터 때문에 꽁꽁 담아놓았던 그녀의 성격이 점점 드러나는 것일지도 모른다.

사라의 말대로 좋은 게 좋은 것이니 넘어가도록 하자.

나는 오랜만에 신성왕국이 있던 곳으로 이동했다. 이그니지프는 피곤한지 먼저 돌아가 보겠다고 보고하고 사라졌다. 움직이는 것을 귀찮아하는 그로서는 지금까지의 여정에 큰 피로감을 느낄 것이다.

천족들도 인간계로의 출입은 엄격했기에 들떠 있었다. 나는 코스모스에게 천족들에게 자유 행동을 하게 하라고 명했다.

다들 삼삼오오 짝지어서 간만에 온 휴가를 즐기고 있었다.

나는 홀로 신성왕국, 지금은 잊힌 왕국이라 불리는 곳에 왔다. 고대의 숲 때문에 사람의 흔적이 닿지 않은 이곳은 멸망했던 당시의 모습이 꽤나 생생하게 보존되어 있었다.

수많은 흉터와 아직 희미하게 남아 있는 악의.

그것이 나의 마음을 아프게 했다.

나는 반쯤 부서진 탑을 향해 걸어갔다. 삐걱거리는 문을 열고 천천히 위로 향했다. 부서진 계단을 건너뛰고 꼭대기까지 도달했다. 문을 열고 들어가니 아직 잘 보존되어 있는 실내가 나타났다.

보존 마법이 걸려 있었다. 내가 들어가자 1,600년간 이어져 왔던 보존 마법이 풀리며 실내에 색깔이 입혀졌다. 약재로 가득한 공간을 지나 아늑한 방으로 들어가니 테이블 위에는 김이 모락모락 나고 있는 차가 한잔 올려 있었다.

나는 피식 웃고 말았다.

의자에 앉아 찻잔을 들었다. 언젠가 내가 맛있다고 극찬을 해주었던 빙꽃차였다.

찻잔 옆에 조그마한 글씨가 새겨져 있었다.

나는 영원한 여행을 떠나네. 그대의 흐름 속으로 떠나는 새로운 여행이지. 당신을 만나게 된 건 행운이야.

나는 찻잔을 들고 차를 마셨다. 언제 마셔도 분위기 있고 맛있는 차였다. 이제는 대현자가 간직했던 겨울이란 계절은 갔으니 이 차를 맛볼 수 없을 것이다.

"나도 자네처럼 여행이라도 떠나고 싶군."

지금 당장은 무리지만 나도 당분간은 휴가를 얻어 떠날 수 있을 것이다.

자리에서 일어나 창문 밖을 바라보았다. 언제나 그랬던 것처럼 이 동쪽의 끝에서는 눈이 내리고 있었다.

새하얀 눈은 고대의 숲 위로 떨어져 내리고, 이 잊힌 왕국의 구석구석까지 내려앉고 있다.

"그대의 여행에 축복을."

그렇게 말하며 차를 단숨에 마셔 버렸다.

내가 탑에서 내려오자 천족과 마족들이 서로 대치하고 있었다. 자신의 역할이 끝나 천족들이 이리로 놀러 온 모양이다. 마족들은 그것이 마음에 들지 않는지 퉁명스러운 표정으로 노려보았다.

"돌격!"

레이첼의 지휘 아래 거대한 눈을 뭉쳐 마력을 담아 날리기 시작했다.

펙!

눈치고는 굉장한 소리와 함께 천족 하나가 뒤로 날려가 기절했다.

"지지 마라!"

케이아스가 이끄는 천족 군단이 눈을 날렸다. 서로 격렬하게 눈싸움을 하는 이들을 보며 한심하다는 생각보다는 즐거워 보인다는 생각이 들었다.

'하긴 천계와 마계에는 눈이 내리지 않으니까 말이지.'

눈을 처음 보는 아이들처럼 그렇게 열정적으로 노는 것을 바라보니 차마 말릴 수 없었다.

"즐거워 보이네요."

코스모스가 내 옆에 나타나 그렇게 말했다.

"천계에도 눈을 만들어볼까 생각 중이에요."

"너도 즐거워 보이는군."

"네, 무척이나 즐겁답니다."

나는 슬쩍 코스모스를 바라보았다. 코스모스 손에는 마룡왕 이그니지프가 끼고 있던 장갑이 껴져 있었다.

"무슨 이유인지 알 것도 같다."

"네?"

"연애는 금지가 아니니 말이야."

"아, 아니에요. 이, 이건……."

내가 고개를 내저으며 웃자 얼굴을 붉히며 고개를 푹 숙이는 코스모스였다.

한 달 정도 뒤에 칼베로스가 연락을 취해왔다. 어느 정도 성장이 완성되었다는 소리다. 드래곤들의 마법을 집약시킨 공간에서 열심히 수련해서 큰 폭으로 성장했다고 한다. 카일, 사라, 그리고 노바의 무력은 예전보다 훨씬 강해져서 충분히 훌륭한 용사로 불릴 수 있다고 했다.

다른 인간들이 본다면 분명 경악할 만한 성장 속도겠지. 게다가 이 이야기가 대륙에 퍼져 벌써 카일의 무용담을 칭송하고 카일의 행보를 주목하는 이들이 많아졌다.

아마 마왕 강림 사건이 모두 끝나게 되면 진정한 용사로 불리게 될 것이다. 그것이 내가 주는 또 다른 선물이었다.

"드래곤들이 오는군."

남쪽에서 철수한 드래곤들이 잊힌 왕국에 도착했다. 천족과 마족들 사이에서 균형을 잡아줄 존재가 나타났다는 것이 상당히 반가웠다. 코스모스는 이그니지프에게 헤벌레 하고 있고, 이그니지프는 모든 것이 귀찮은 듯 구석에 콕 박혀 나오지 않았다.

결국 둘은 사라지고 없다는 것이다. 어딘가로 은밀하게 여행을 떠난 것인지도 몰랐다.

요즘 둘 사이를 의심하는 여론이 형성되고 있었다. 그런 추궁을 받으면 얼굴을 붉히며 대답을 회피하곤 하는 코스모스였다. 이그니지프는 특유의 무표정으로 대응하고 있기는 하지만 다들 무언가가 있다는 것을 알아차린 눈치였다.

사랑은 자유니까 상관없겠지.

"어서 와라, 칼베로스."

"허허, 편안하게 쉬셨습니까?"

"나름 괜찮았다."

천족과 마족은 용족, 그러니까 드래곤들이 마음에 들지 않은지 잠시 연합전선이 생겼다.

인간계에서 가장 큰 힘을 발휘하는 드래곤들은 그저 콧방귀만 뀔 뿐이었다. 그 모습이 짜증났는지 눈싸움은 새로운 국면을 맞이했다.

“허허허, 잘들 노는군요.”

“그러게 말이다.”

칼베로스는 눈이 오는 풍경을 바라보다가 입을 뗴었다.

“지금 모든 수행을 다 끝마치고 이리로 오고 있습니다. 마지막 조각을 모으기 위해서.”

마지막 조각, 태양의 눈물을 뜻하는 말이다. 이것은 내가 주는 다른 선물이었다. 세 개의 값비싼 보석.

이것들은 인간계에서는 구할 수 없는 막대한 재물이다. 게다가 신성한 힘이 깃들어 있어서 자신들의 몸을 더욱 건강하게 만들어줄 것이다.

“언제쯤 도착할 것 같나?”

“이곳과의 거리가 꽤 되고 고대의 숲이 있으니 족히 두 달은 넘게 걸릴 것 같습니다.”

“두 달이라……. 긴 시간은 아니군.”

무수한 세월에 비하면 두 달은 짧은 기간이다. 찰나의 시간에 속할지도 모른다.

“그동안 너희들도 쉬도록 해라. 모든 드래곤이 모이는 것은 보기 힘든 일이지. 이 참에 우의를 다지도록 해라.”

“허허허, 배려, 감사드리옵니다.”

나는 고개를 끄덕이며 탑으로 가 침대에 누웠다. 두 달 동안 할 일은 차분하게 어둠을 가라앉히는 일밖에 없었다.

두 달 후의 모습이 기대되었다. 얼마나 성장했을지, 얼마나 늠름해졌을지 궁금했다.
"빨리 와라, 카일."
모든 것을 마무리할 때가 오고 있다.

Chapter 10
마지막 여행, 그리고 새로운 시작

두 달 동안 정신을 가다듬었다. 뛰쳐 나오려는 암흑을 억누르며 그렇게 버틴 것이다.

이제 마지막 연극을 할 차례였다. 가장 하이라이트 부분을 연기할 차례다.

모두 긴장했다.

마족은 카일이 성검을 뽑는 즉시 철수할 것이다. 성검은 굉장한 위력을 자랑해서 마족이라 할지라도 소멸되어 버릴 수 있기 때문이다.

레이첼에게 유의 사항을 들은 마족은 한차례 한쪽 무릎을 꿇고 예를 행하더니 맡은 지역으로 이동했다.

"몬스터의 배치 상황은?"

"모두 적절하게 배치되어 있어요."

나는 레이첼의 말에 고개를 끄덕이고 내 옆에 나타난 코스모스를 바라보았다.

"천족들의 준비는 어떠한가?"

"가장 최정예로 뽑아 아무도 없는 평원으로 이동해 있습니다."

"이그니지프도 거기에 있나?"

"네, 그렇습니다."

나는 마지막을 준비하기 위해 해야 할 일이 있다. 어둠을 조금이나마 줄이기 위해서 해야 할 일이었다.

헬게이트를 열어 어둠을 일정 부분 소거할 생각이다. 아무래도 마족보다는 천족의 기운이 상성이었기에 나는 코스모스에게 명령을 하달한 것이다.

코스모스의 안내에 따라 평원으로 이동했다.

막강한 신성력을 뿜어내고 있는 천족들이 보였다. 코스모스가 자신할 만큼 그 기세는 대단했다.

천족의 최정예들이 모인 것임에는 틀림없었다. 그들은 긴장하며 저마다 무구를 손에 들었다. 마족들과 싸우는 정도가 아닌 천계 역사상 가장 큰 적과 싸우는 것이다.

나는 헬게이트 안에서 꿈틀거리는 많은 마수들을 느낄 수 있었다. 인간들이 내뿜는 악의만을 받아먹고 자란 마수들이

제정신을 지니고 있을 리가 없었다. 그저 파괴만을 바라는 악의 덩어리일 뿐이다.

이그니지프가 나에게 다가왔다.

"준비가 다 되었습니다."

그 말을 마치고는 이그니지프는 자신의 본체로 현신했다. 묵빛의 거대한 드래곤. 보통 드래곤보다 수배는 커다란 드래곤이 엄청난 기세를 뿜어내며 강림했다.

천족 모두가 그 기세에 눌릴 지경이었다.

코스모스도 전력을 다해 기운을 이끌어냈다. 빛이 뻗어 나오며 주위를 환하게 물들였다.

나는 조용히 눈을 감고 단단히 봉인해 놓았던 아공간을 오픈시켰다.

"헬게이트."

콰앙!

거대한 검은색 문이 하늘에서 떨어져 내렸다. 세상의 모든 끔찍한 것들이 새겨져 있는 문은 보는 것만으로도 소름이 끼칠 정도였다. 나는 심호흡을 하고 아공간을 열기 위한 주문을 내뱉었다.

"오픈!"

천천히 열리기 시작하는 문. 어둠을 뚫고 많은 손이 징그럽게 뿜어져 나왔다. 그 손들이 뭉쳐지며 마수가 되었다.

그 후 어둠을 품은 마수들이 튀어나왔다. 그리고 마왕군의 총사령관이었단 발록이 모습을 드러냈다.

어둠에 잡아먹힌 발록은 이성이 존재하지 않는 듯 나타나자마자 거대한 채찍을 휘둘렀다.

"공격!"

내 명령이 떨어지자 천족들은 빛을 뿜어내며 마수들을 소멸시켰다. 이그니지프는 브레스를 뿜어 마수들의 숫자를 단숨에 줄였다.

쿠오오오오!

발록은 코스모스가 직접 상대했다. 천계의 빛과도 같은 그녀의 힘은 어둠의 일부인 발록과 비교했을 때 우위를 점하고 있었다. 거기에 이그니지프가 가세하자 순식간에 상황은 역전되었다.

"이대로 밀어버린다!"

케이아스가 그렇게 외치며 양옆에서 달려드는 마수를 몸을 회전시키며 갈라 버렸다. 케이아스는 마수들에게 뛰어들어 화려한 몸놀림으로 마수들을 소멸시켰다.

천족들은 하나둘씩 마수들을 없앴고, 발록은 이내 큰 상처를 입고 비틀거렸다.

이그니지프가 거대한 입을 벌려 발록을 물어뜯었다. 비명을 지르며 부서져 갔다.

쿠오오!

채찍으로 이그니지프를 때리자 거대한 몸체가 휘청거리며

밀려났다. 이그니지프의 비늘에 상처를 낼 정도로 발록의 힘은 대단했다.

하지만 그것은 최후에 발악에 가까운 일격이었다. 코스모스의 빛을 맞고 그대로 발록의 몸이 사라졌다.

나는 그것을 보고 헬게이트를 닫았다. 어둠이 일부 줄어들어 내 몸에 걸리는 부담이 조금은 적어졌다.

이것은 분명 지옥의 일부이긴 하지만 발록이 소멸된 시점에서 많은 어둠이 지워졌다.

"끝… 났나?"

"끄, 끝이다!"

천족들은 생각보다 막강한 어둠의 군단의 위력에 두려움을 느끼고 있었다.

코스모스의 손끝이 떨리는 것이 느껴졌다.

"어둠은 강하군요."

"그래."

"무섭기까지 합니다."

그녀의 뒤에 이그니지프가 인간의 모습으로 나타났다. 살짝 손을 잡아주는 것이 보였는데 나는 시선을 돌려 모른 척했다.

천계로 강제 귀환당한 천족들이 많았고, 부상을 입은 채 아슬아슬하게 남아 있는 천족들이 대다수였다. 케이아스도 상처 회복을 위해 천계로 돌아갔다.

“수고했다. 나는 마족 쪽으로 가보겠다.”

“곧 따라가겠습니다.”

코스모스의 말을 듣고 나는 잊힌 왕국으로 텔레포트했다.

*　　*　　*

카일과 사라, 그리고 노바는 고대의 숲에 도착해 망설임 없이 안으로 들어갔다.

고대의 숲은 소문대로 몬스터 천국이었다. 흉흉한 기세를 뿜어내는 몬스터를 카일이 성검을 소환해 내며 빠르게 갈랐다. 이제는 성검을 자유자재로 다룰 수 있어 카일의 전투력은 큰 폭으로 올랐다.

사라 역시 빠르게 움직이며 몬스터를 베었고, 노바의 마법은 한층 위력적으로 변했다.

“이 앞에 잊힌 왕국이 있어.”

“응. 빨리 태양의 눈물을 구해야 해.”

카일이 그렇게 말하자 사라가 고개를 끄덕이며 말했다. 노바는 두 손에 불덩어리를 소환시켰다.

“그래, 레오를 더 이상 그 추운 곳에 놔둘 수는 없으니까.”

뻗어 나간 불덩어리가 작렬하며 거대한 폭염을 일으켰다. 몬스터들이 하나둘 쓰러져 나가더니 이제는 그 숫자가 무척이나 줄어들었다.

성검을 앞으로 내밀고 힘을 주어 공중을 찔렀다. 그러자 폭사되어 나간 빛이 고대의 숲을 가르고 거대한 길을 만들어냈다.

단 한 번의 찌르기로 만든 결과라고는 믿기지 않을 만큼 대단했다.

"언제 봐도 그 성검, 진짜 사기 같아."

"그러니까 마왕 강림을 저지할 수 있는 거잖아?"

사라와 노바는 카일이 만들어놓은 길을 보며 그렇게 말했다. 카일은 진지한 표정으로 성검을 역소환시켰다.

"가자!"

카일이 선두에 서고 그 뒤를 사라와 노바가 따랐다. 정신적으로나 육체적으로나 성숙해진 카일에게서는 은은한 카리스마가 흘렀다. 이제는 한 사람의 영웅으로 봐도 손색이 없을 정도였다.

카일의 성장에 노바는 흐뭇한 생각이 들었지만 레오의 모습이 떠오르자 다시 다급해졌다.

"레오, 기다려! 꼭 구해줄 테니까!"

노바는 이를 악물고 카일을 따라 달렸다. 고대의 숲이 사라지고 여기저기 부서진 흔적이 가득한 도시가 나타났다.

왕국이라 불리는 것치고는 작은 규모.

큰 도시 규모의 왕국은 고대 때 찬란한 문명을 자랑했던 왕국일 것이다.

부서진 성벽을 지나 안으로 들어섰다.

"태양의 눈물은 어디에 있지?"

다급한 카일의 말이 들리자마자 정면에서 검은 로브를 입은 자들이 나타났다.

"네놈들은……!"

검은 로브를 입은 자들이 달려들었다. 전처럼 당하지는 않았다. 카일은 성검을 소환하지 않고도 검은 로브를 여럿 상대할 만큼 강해졌다.

많은 숫자로 밀어붙이고 있지만 카일 일행은 지지 않고 맞섰다. 사라가 화려하게 움직이며 공격로를 뚫었고, 카일이 뒤따르며 빈틈을 찔렀다.

노바는 뒤에서 마법으로 지원을 해주었다.

카일은 이 상황을 빠르게 제압할 필요성을 느꼈다. 그러기 위해서는 성검의 힘이 필요했다.

자신의 가장 큰 무기인 성검.

힘들 때 힘이 되어준 믿을 만한 파트너.

"하압!"

카일이 검은 로브의 사내 하나를 튕겨내고 손에 성검을 소환시켰다. 그러자 검은 로브를 입은 자들은 뒤로 후퇴하며 카일 일행을 유인했다.

"쫓아가자!"

카일 일행은 그들을 따라갔다.

그들이 도착한 곳은 광장이었다. 그곳에서 육감적인 몸매를 자랑하는 여인과 가면을 쓴 남자의 모습을 볼 수 있었다.

"이건?"

카일은 바닥에 무언가가 있음을 발견했다.

바닥에는 거대한 마법진이 새겨져 있었다. 검은 기운이 넘실거리는 마법진은 딱 봐도 고대의 것이었고, 심상치 않은 고레벨의 마법이었다.

"마왕을 강림시킬 수작이냐!"

노바는 이 마법진을 알아보고 놀란 표정을 지으며 소리쳤다.

"그래, 위대하신 마왕께서 이 세상을 멸망시켜 주실 거야."

노바가 묻자 검은 로브를 쓴 여인이 그렇게 말했다. 카일은 경계를 하면서도 그 목소리가 굉장히 아름답다고 느꼈다.

살기를 내뿜고 있지만 전혀 해로울 것 같지 않은 이상한 감각에 휩싸였다.

그 감각을 깨는 자가 있었다. 카일이 그토록 증오하는 원수 이그나였다.

"여기까지 왔나? 참 끈질기군, 애송이."

"이그나!"

카일은 가면을 쓴 자의 이름을 부르며 성검을 치켜들었다. 성스러운 빛이 터져 나가며 주위를 잠식했다.

마법진에 넘실거리던 검은 기류도 상당 부분 날아가 소멸되었다.

"혹시 이것을 찾으러 왔나?"

이그나가 태양의 눈물을 꺼내자 카일 일행 모두 이그나를 노려보았다.

"아쉽지만 이건 마왕님께 바칠 제물이다. 네놈들의 목숨과 함께 말이지."

"네놈의 말대로는 되지 않는다!"

카일은 호기롭게 외치자 성검이 더욱 강한 빛을 발휘했다. 마치 카일의 감정을 이해라도 한 듯 성검은 빛의 기둥까지 만들어내며 그 위용을 자랑했다.

이그나는 천천히 검은 검을 뽑아 카일에게 겨누었다. 이그나 옆에 서 있던 여인이 손가락을 튕기자 사라와 노바의 모습과 함께 여인이 사라졌다.

"무슨……!"

"네 동료들은 그녀가 상대해 줄 것이다."

검은 검이 카일에게 겨누어졌다.

"그러니 네놈은 여기서 죽어라."

카일은 긴장하며 성검을 바짝 치켜들었다. 아버지를 죽이고 레오를 가사의 상태에 빠지게 만든 원흉.

그 원흉이 바로 눈앞에 있다.

카일은 차분하게 마음을 유지시켰다. 분노에 가려질 뻔한 정신을 올곧게 만든 뒤 심호흡을 한 후 공격 자세를 잡았다.

상대는 강자다. 절대 흔들려서는 안 된다.

이길 수 있다. 반드시 이긴다.

그것은 자신을 위해서가 아니다. 세계를 위한 것도 아니다.

돌아가신 아버지를 위해서!

그리고 레오 형을 위해서!

카일은 속으로 그렇게 생각했다.

*　　　*　　　*

내 옆에 서 있던 레이첼이 사라와 노바를 데리고 사라졌다. 레이첼은 사라와 노바를 잘 상대해 주다가 적절할 때쯤 퇴장을 할 것이다. 주위에서 천족, 마족, 그리고 용족들의 시선이 느껴졌다.

이들은 모두 숨을 죽이며 이 연극의 피날레를 바라보고 있었다.

'그래, 이제 마무리할 시간이다.'

저들의 마음은 다 같을 것이다. 이 세계가 앞으로도 계속 유지되길 바라는 마음.

그것이 나에게 느껴졌다.

나는 검은 검을 잡고 공격 자세를 취했다.

카일은 정말 자랑스럽게 성장했다. 그 어렸던 아이가 짧은 기간에 저렇게 성장해서 내 앞에 나타난 것이다.

날카로운 기도가 날이 선 검을 보는 것 같았다. 달인급에 오른 검사의 모습을 발견할 수 있었다.

내가 먼저 달려들었다. 신속의 빠르기로 찔러들어 갔다. 카일은 차분하게 성검을 들어 방어했다. 내가 알려준 검술을 온전히 자기의 것으로 만들며 잘 대응하고 있었다.

챙!

하지만 그것만으로는 부족하다. 아직 성검의 모든 힘이 나오치 않고 있다. 점점 내 검에는 어둠이 일렁거리기 시작했다.

빛과 어둠이 부딪치며 충격파가 주위를 휩쓸었다. 카일은 어둠이 버거운지 인상을 쓰며 간신히 버티고 섰다.

"어둠인가?"

"그러는 네놈은 빛이지."

나는 그 말을 끝으로 다시 달려들었다. 온전히 검술에 기교를 담아 카일의 검을 무력화시켰다. 카일은 당황하며 뒤로 물러났다.

나는 틈을 주지 않으며 달려들었다. 수많은 잔상을 그리며 뻗어간 검이 마치 뱀처럼 카일의 급소를 노렸다.

"흡!"

카일은 빛을 뿜어내며 내 참격을 무위로 돌렸다.

"어째서 마왕을 강림시키려는 것이지?"

“이 세상의 멸망을 위해서!”

“멸망? 그것의 뒤에는 무엇이 존재하기에 그러는 것이냐!”

카일의 외침에 나는 검기를 흩뿌렸다. 카일은 빛으로 그것을 모두 튕겨내었다.

“이 세계 따윈 멸망해 버리는 편이 좋아.”

“그렇지 않아!”

카일이 나에게 달려들어 검을 휘둘렀다. 나는 검을 들어 카일의 검을 막았다. 빛의 검과 어둠의 검이 서로를 배척하며 검날끼리 맞붙었다.

“인간은 무엇을 했나? 늘 전쟁을 하고 자연을 죽이며 이 세계에 충만한 악의를 뿌릴 뿐이다. 멸망해 버리는 것이 이 세계를 위한 길이다!”

카일의 검을 튕겨냈다. 순식간에 카일의 검이 검로를 바꾸어 나에게 다시 쏟아져 내렸다. 나는 신속의 빠르기로 카일의 검을 방어했다.

내 손이 얼얼할 정도로 굉장한 참격이었다.

“그건 네놈의 생각일 뿐이야. 그렇다고 하더라도 인간은 스스로의 미래를 선택할 권리가 있어.”

“후후, 네놈과 말다툼을 해보았자 소용없겠지.”

나는 검기를 길게 뽑아냈다. 카일도 지지 않고 맞대응을 해왔다.

“네 아버지는 허무하게 쓰레기처럼 내 발밑을 기었지.”

“아버지는 긍지 높은 검사셨다.”

내 검기를 뚫고 카일이 찔러들어 왔다. 나는 검을 들어 그 찌르기를 흘려보냈다. 그리고 바로 이어서 반격을 시도했다.

팅!

카일의 검에 막히며 튕겨져 나왔다. 나는 암흑의 검기를 사방에 뿌리며 다시 카일에게 검을 겨누었다.

“네 빛이 내 어둠을 이길 수 있을까?”

“이긴다!”

카일은 천천히 자세를 잡았다. 카일의 눈에는 승리에 대한 확신이 서려 있었다.

무엇을 믿고 있는 건지는 나도 잘 모른다. 하지만 절대 지지 않는다고 자신하고 있었다.

나는 그 모습에 미소가 지어졌다. 비로소 카일이 완성되었다. 찬란하게 빛을 발하는 성검은 온전히 카일에게 모든 힘을 빌려주고 있었다.

‘이것으로 되었다.’

빛의 기둥이 뿜어져 나가 행성 밖으로까지 뻗어갔다. 그러다가 서서히 갈라지며 행성 곳곳에 내리기 시작했다. 그것은 수많은 유성우처럼 그렇게 모든 존재를 축복하듯 지상에 떨어졌다.

“나는 절대로 네놈 따위에겐 지지 않아! 이 검술은 아버지가 알려준 검술이니까!”

웃음이 나왔다.

'그래, 카일. 네가 최고다.'

카일은 내가 알려준 검의 정수를 살려 최후의 일격을 준비하고 있었다.

지금 카일이 얼마나 굉장한지 카일 스스로는 모를 것이다. 카일은 어둠 가운데에서 빛나고 있다.

"흡!"

나는 어둠에 서서히 억누르며 마지막 일격을 맞이할 준비를 했다.

정적이 내려앉았다.

거의 동시라 할 수 있는 순간, 우리는 서로에게 달려들었다.

서서히 검이 서로를 향해 나아갔다. 빛의 검은 말 그대로 빛처럼 나의 심장을 향해 뻗어왔다. 내 검과 얽히는 동시에 암흑이 뿜어져 나왔다.

직감적으로 위기를 느낀 암흑이 뿜어져 나오며 모든 것을 없애 버리려 했다. 나는 모든 의식을 암흑을 억제하는 데 쏟아부었다.

내 정신이 암흑에 오염되어 가고 있다는 것을 느꼈다. 검을 잡은 손에 힘이 들어가고 모든 것을 파괴하고 싶은 충동이 강하게 일어났다.

'사라, 노바, 카일!'

나에게 빛과도 같은 이름을 불렀다. 그러자 순간 빛이 뿜어져 나온 것 같은 착각이 들었다. 내 어둠 속에서 빛이 보였던 것 같다.

성검이 암흑을 뚫고 파고들었다.

푸욱!

심장을 가르고 지나가 등을 뚫고 나왔다.

정신이 맑아졌다. 고통은 느껴지지 않는다. 오히려 나를 괴롭혔던 암흑이 일순간에 날아가기 시작해 해방감을 느꼈다.

카일은 고개를 숙인 채로 성검을 잡고 있었다. 카일은 지친 기색이 가득했다.

푸시식—

내 상처가 끊임없이 재생되려고 했지만 재생 속도가 느려지더니 아예 멈추어 버렸다. 점점 암흑이 사라져 갔기 때문이다.

파악!

암흑이 완전히 사라졌다.

피가 성검을 타고 흘러나왔다.

나는 비틀거리면서 뒤로 물러났다. 성검은 내 몸에 단단히 박혀 빠지지 않았다.

내 피로 하얗게 물든 성검이 보였다.

카일은 멍한 눈으로 나를 바라보았다.

저 멀리서 사라와 노바가 달려왔다. 카일의 옆에 서며 검을 가슴에 꽂고 있는 나의 모습을 바라보았다.

그녀들의 표정도 역시 카일과 다를 바 없었다. 내 최후를 아무 말 없이 바라보고 있었다.

뿜어져 나올 피가 더 이상 없을 때쯤, 나는 태양의 눈물을 꺼내 그것을 들고 손을 뻗었다.

이것은 너희들에게 주는 선물이다.

"빛의 승리다, 카일."

바닥에 태양의 눈물을 떨구었다.

"평화롭군."

내 몸은 천천히 사라져 갔다. 발끝부터 시작되어 모두 사라지다가 최후에는 성검 역시 자취를 감추었다.

나는 얼떨떨한 표정을 짓고 있는 카일을 보며 웃었다.

'즐거웠다.'

진심으로 그렇게 생각했다. 슬슬 졸음이 밀려왔다. 육체가 사라진 충격은 생각보다 컸다.

나는 짧은 숨을 내쉬고 눈을 감았다.

세 가지를 다 모았다고 해도 내가 살아나는 건 기대하기 힘들 것이다.

그것은 그저 보석이었으니까.

카일의 동기 부여를 위해 한 장치였지만 슬퍼할 카일과 사라, 그리고 노바를 생각하니 가슴이 먹먹해졌다.

슬픔은 시간이 해결해 주겠지.

가슴속에 피어난 빛을 지니며 나는 모처럼 기분 좋게 눈을 감았다.

빛 속에 있다는 것이 느껴졌다. 눈을 뜨니 하얀 공간이 나타났다. 나는 이곳이 내 의식 세계라는 것을 짐작할 수 있었다.

아직까지는 어둠을 찾아볼 수 없었다.

나는 평화로움을 만끽했다. 더 이상 어떤 유혹도 괴롭힘도 존재하지 않았다. 언젠가 다시 찾아올 어둠이지만 전혀 두렵지 않았다.

내 가슴속에서 빛나던 성검이 내 몸 밖으로 다시 나왔다.

"수고했다."

성검이 밝은 빛을 뿌렸다. 성검은 나를 위해 나와 관련된 인연을 모두 한곳에 모으고 즐거운 여행을 할 수 있게 도와주었다.

과거의 악연도 끊어버릴 수 있었고, 다시 그들과 만나서 즐거운 여행을 할 수 있었다. 그 추억이 따듯하게 가슴속에 남아 있기에 외롭지 않았다.

성검은 나를 위해 1,600년 동안 그들의 영혼을 모으러 다녔을 것이다.

나는 성검을 쓰다듬었다.

“만족하냐고?”

성검의 의사가 들려왔다.

“그럼, 만족하고말고.”

하지만 아직 미련은 남아 있다.

정상적으로 산다는 것을 한 번쯤은 느끼고 싶었다. 성검은 그런 나의 마음을 알기라도 한 듯 환하게 빛을 뿜었다.

성검이 하얀 공간을 갈랐다. 그러자 거대한 흰 문이 생겼다.

“이제 안식을 취할 수 있는 건가?”

이 정신세계를 빠져나가 안식으로 들어서는 문 같았다.

성검이 그 문으로 사라졌다.

성검은 행성 어딘가에 잠들어 있다가 다시 어둠이 충만하게 되면 깨어날 것이다.

그것이 내 예상대로 만 년 후가 될지, 아니면 오만 년 후가 될지 그것은 인간이 하기에 달렸다.

스스로 멸망하지 않는 이상 나는 최대한 그들이 살고 있는 이 세계를 유지하기 위해 최선을 다할 것이다. 그것이 내가 이 세계를 만들어낸 책임이기도 했다. 그리고 내 친우들이 살고 있는 세계를 유지하는 것은 너무나도 당연한 일이었다.

나는 천천히 손을 뻗어 흰 문을 열었다.

의식이 점점 빨려들어 가는 것 같았다. 그것에 저항하지 않고 모든 것을 맡겼다.

이 세계에서 나를 해할 자는 존재하지 않았다. 어둠이 사라진 이상 말이다.

어디론가 빨려들어 가는 느낌이 들었다. 그리고 따듯한 느낌이 들었다. 신체가 새로 생긴 듯 감각이 돌아오기 시작했다.

나는 기묘한 느낌에 입을 떼었다.

"음……."

목소리가 새어 나왔다.

잘 안 움직이는 손을 겨우 움직여 이마에 가져다 대었다. 머리카락과 함께 이마가 만져졌다.

"여기는?"

눈을 뜨자 흐릿한 시야가 다시 정상으로 돌아왔다. 눈앞에 보이는 건 낯선 천장이었다. 몸을 일으키자 덮고 있던 이불이 스르륵 미끄러져 내렸다.

"육체?"

내 손을 바라보았다. 온기를 지닌 육체가 보였다. 의외의 광경에 놀랄 수밖에 없었다.

가슴속에는 아직 어둠이 존재하지 않았다.

"일어나셨군요."

코스모스와 이그니지프, 그리고 레이첼과 케이아스가 보였다.

"너희들……."

나는 몸을 일으켰다. 거울을 쪽으로 걸어가 바라보니 레오의 모습이 서 있었다. 붉은 머리의 잘생긴 소년이 나를 뚫어져라 바라보고 있었다.

"저희가 힘을 써서 만든 육체입니다. 성검이 도와주어서 잘 안착시킬 수 있었어요."

나는 드디어 상황이 파악되었다.

육체를 만든 모양이다. 인간의 육체치고는 너무나도 발달되어 있어 황당할 지경이다. 무엇으로 만든 건지 몰라도 너무나도 굉장한 수준의 육체를 만든 것 같다.

성검이 나의 정신을 끌어와 이곳에 안착시키고 자신은 잠에 빠진 것 같았다.

나를 사랑하는 이들의 마음이 느껴졌다.

"이그니지프님의 드래곤 본과 천계와 마계에서 나는 여러 가지를 섞어 만들었으니 긴 세월 동안 끄떡없을 겁니다."

막대한 양의 마력을 몸에서부터 느낄 수 있었다. 모든 기운이 없어 허전했는데 이렇게 마력이 그 자리를 대신하니 조금은 위로가 되었다.

"내가 얼마나 잠들어 있었지?"

"삼 개월 정도밖에 되지 않았습니다."

코스모스가 대답해 주었다. 본래대로라면 언제 깨어날지 모르는 상태에 빠져들게 되겠지만 모두의 도움으로 이렇게 깨어나 있을 수 있었다.

"마스터, 이제 매일 볼 수 있겠네요?"

레이첼이 장난스럽게 웃어 보였다.

나는 피식 웃으며 레이첼을 바라보다가 이제는 대놓고 커플 티까지 차려입은 이그니지프와 코스모스를 바라보았다.

"좋을 때군."

"그, 그래요?"

쑥스러워하는 코스모스와 시선을 살짝 돌리는 이그니지프였다.

"저희는 이만 가보겠습니다. 이제 당분간 세계는 괜찮으니 말이죠."

코스모스가 그렇게 말했다.

내가 손을 휘젓자 모두 자신이 속한 곳으로 귀환했다. 나는 한곳에 잘 정리되어 있는 겉옷을 입었다. 뻐근한 몸을 풀고 몸과의 접속 상태를 확인했다.

상태는 최상이었다. 이보다 더 좋을 수는 없었다. 절로 흥이 날 지경이다.

"좋아."

나는 만족스러운 미소를 지으며 창밖을 바라보았다. 이곳은 마탑인 것 같다. 무슨 축제라도 벌여졌는지 거리는 굉장히 시끄러웠다.

방 밖으로 나오자 꾸벅꾸벅 책상에 앉아 조는 노바가 보였다.

나는 미소 지으며 그녀에게 다가갔다.

"들어가서 자지그래?"

"으응, 안 돼. 언제 레오가 깨어날지 몰라."

잠결에 중얼거리는 노바의 모습은 꽤나 귀여웠다. 그러다가 화들짝 놀라며 자리에서 벌떡 일어나 멀뚱멀뚱 나를 바라보더니 자신의 볼을 꼬집었다.

"레, 레오!"

내 품에 뛰어들어 안기는 노바를 안아주었다. 노바의 눈에 눈물이 그렁그렁 맺혔다.

"드디어 깨어났구나!"

"그런 모양이야."

"흐윽! 나는 네, 네가 깨어나지 못하면 어떡할까 그런 생각 때문에 잠도 제대로 자지 못했다구! 왜 이제 일어난 거야?"

나는 노바를 떼어내고 웃으며 노바를 바라보았다. 노바는 손등으로 눈물을 훔치고는 환하게 웃어 보였다. 그녀의 감정이 가라앉기까지 기다렸다가 입을 뗐다.

"마왕 강림은 잘 저지했나 봐?"

"응. 여러 일이 있었어."

"그렇구나."

"카일과 사라는?"

노바가 빙긋 웃으며 창문 밖을 가리켰다.

"영웅을 위한 축제가 벌어지고 있어. 그 주인공은 카일이고 사라는 잠깐 밖에 나갔어.”

“영웅이라……. 출세했네, 카일.”

“지금 인기가 대단하다고. 마왕 강림을 저지한 용사라고 말이지.”

카일이라면 그런 칭송을 받을 만했다. 카일이 해준 일은 이 세계의 평화를 가져다준 일이었으니까. 카일의 업적은 길이 길이 역사 속에 남아 후세에 거론될 것이다.

“오! 깨어났나?”

칼베로스가 나타났다. 칼베로스는 능숙하게 연기를 하며 나를 보며 웃었다.

“마탑의 수장 칼베로스님이시군요. 만나 뵙게 되어 영광입니다.”

“허허, 영광은 무슨. 나야말로 용사의 일행을 보게 되어 영광이네. 특히 붉은 섬광의 우정 어린 이야기는 익히 들어 알고 있지.”

“붉은 섬광?”

노바를 바라보자 노바는 고개를 끄덕이며 입을 떼었다.

“우리도 조금 유명해졌어. 특히나 네 무용담은 좀 각색되었다고 할까? 아무튼 좋은 게 좋은 거잖아?”

“그래, 유명해지는 건 좋은 거지.”

내가 웃자 노바 역시 따라 웃었다.

“자, 레오, 카일과 사라를 만나러 가자!”

"그래."

마탑 밖으로 나왔다. 떠들썩한 축제가 벌어지고 있었다. 마왕군으로 분장한 사람들과 용사로 분장한 아이들이 거리를 가득 메우고 있었다. 음침한 검은 로브조차 아름다워 보이는 풍경이었다.

용사의 이야기를 담은 연극이 곳곳에서 벌어지고 있었고, 그림책이나 소설책 같은 것도 팔았다.

저 멀리서 카일의 모습이 보였다. 카일의 인기는 상당히 많았다. 미녀들 사이에 둘러싸여 곤란해하고 있는 모습이 너무나도 웃겼다.

카일은 상당히 숙맥이어서 나중에 어떻게 결혼하게 될지 참 궁금했다.

'천족이라도 소개시켜 줄까?'

천족에는 예쁜 아이들이 많았으니 카일의 짝으로도 전혀 손색이 없을 것이다. 사실 예쁘기로 따지만 마족들이 예쁘지만 그 성격이 워낙 특이해서 카일이 감당할 수 없을 것이 분명했다.

카일은 내 모습을 발견하고는 멍한 표정을 짓다가 환한 웃음을 지으며 달려왔다.

"형!"

"짜식, 출세했구나!"

카일이 나를 부둥켜안았다. 카일의 눈에 눈물이 맺혀 있는 것이 보였다.

"용사라더니 완전 울보네."

"흐엉! 형!"

아예 대성통곡을 할 기세였다.

나는 겨우 카일을 달래고 인파를 빠져나올 수 있었다. 용사
가 거리에서 울다니, 정말 말이 되지 않는 광경이라 할 수 있
었다.

"울보 용사 카일, 멋진데?"

노바에 놀림에도 실실거리는 카일이었다.

"사라는 어디 있어?"

"응, 얼마 전에 칼베로스님이 아이 하나를 거두었는데, 같
이 상점가로 나갔어. 쇼핑을 나간 것 같아."

"그렇구나."

우리는 상점가로 향했다. 상점가에서 사라를 찾는 것은 어
렵지 않았다. 화려한 금발과 큰 목소리만 찾아내면 되었다.

"저기 있다!"

카일이 가리킨 곳에 사라가 있었다. 특유의 큰 목청으로 물
건 값을 마구잡이로 깎고 있는 사라가 보였다.

"사라! 누가 왔는지 봐!"

카일이 부르자 사라는 카일을 바라보다가 나를 보더니 손
에 든 물건을 뚝 떨어뜨렸다. 커다란 눈에서 닭똥 같은 눈물
이 흐르는 것이 보였다.

“오빠!!”

전속력으로 내 몸에 달려들었다. 인간을 훨씬 뛰어넘은 육체임에도 불구하고 내 몸은 몇 미터나 밀려나갔다. 사라의 근력은 인간의 한계를 초월한 것 같았다.

이 정도라면 세계를 노려볼 만했다.

나는 눈물을 흘리며 흐느끼는 사라를 잘 다독여 주었다. 사라를 허겁지겁 쫓아오는 소녀가 보였다. 사라와 같은 금발의 꼬마 숙녀.

나는 부드럽게 웃었다.

이 빛을 내가 어찌 잊을 수가 있을까? 나는 사라를 떼어내고 그 꼬마 숙녀에게 다가갔다.

나와 눈이 마주치자 불안한 듯 시선을 피하며 고개를 꾸벅 숙였다.

“아, 안녕하세요?”

“아! 오빠! 이쪽은 내 동생이 된 프린.”

사라의 소개에 나는 고개를 끄덕이고는 프린의 머리를 쓰다듬어 주었다.

“안녕, 프린? 나는 레오스라고 해. 그냥 레오라고 부르렴.”

“네? 네!”

프린이 웃자 사라가 프린의 손을 잡아끌었다.

“오빠! 온 김에 축제 구경하러 가자!”

“그래. 가자.”

사라가 프린과 함께 앞장서서 갔고, 그 뒤를 카일이 따랐다. 나와 노바는 눈을 맞추고는 서로 피식 웃고는 뒤따라갔다.

우리는 화려한 옷으로 갈아입고 밤새 음악에 맞추어 춤을 추며 놀았다.

이렇게 마음껏 놀아본 적이 처음이다. 모든 근심을 내려놓자 세상은 너무나도 환하게 보였다.

"히히히! 레오 오빠 춤 잘 추는데?"

"내가 왕년에 무도회장을 휩쓸었지."

내 말에 주위가 노바가 피식 웃으며 나를 끌어안았다.

"그럼 이런 댄스는?"

끈적끈적한 댄스를 추는 노바에게서 날 탈출시켜 준 것은 사라였다.

축제는 너무나도 즐거웠다.

하루하루가 즐거워질 것 같은 예감이 들었다.

에필로그

　평화 속에서 몇 년이 흐른 것 같다. 내 몸은 상당히 자라 어느덧 완벽한 육체로 변모했다. 성능도 뛰어나고 미관도 상당해서 제법 마음에 들었다.

　역시나 이 몸은 꽤나 많은 인기를 자랑했다.

　"인기가 많아도 곤란하단 말이야."

　나는 현재 마탑에 머무르며 한가롭게 시간을 보내고 있는 중이었다. 대외적으로는 마탑에서 마법을 배운다고 알려져 있지만 나는 마법을 배울 필요가 없었다.

　여러 가지 귀찮음을 피하려 이곳에 있는 것이다. 카일과 사라, 그리고 노바는 자주 왕궁에 불려가서 이것저것 귀찮은 의뢰를 받았다.

아무래도 마왕 사건 이후 다시 마왕 강림을 위해 쓸데없이 힘쓰는 무리가 생겨나 혼란을 일으키고 있는 모양이다.

어떤 재료를 모으면 마왕을 강림시켜 힘을 부여받을 수 있다는 괴상한 소문이 퍼졌다. 나는 전혀 그런 일을 해줄 의향이 없는데 말이다.

"레이첼이 장난이라도 친 건가?"

가끔 지상에 올라와 못된 장난을 치고 드래곤들에게 들켜 역소환 당하는 고위 마족들도 있었다. 마계는 조금 답답한 느낌이 있으니 나는 어느 정도 눈감아주고 있었다.

천족과의 꾸준한 싸움 덕분에 인간계에 관심을 두는 마족들이 적다는 것이 다행이었다.

"그러고 보니……."

얼마 전에 코스모스와 이그니지프가 동부 대륙으로 여행을 떠났다. 다정해 보이는 둘 때문에 각 계에서 소란이 일기는 했지만 지금은 어느 정도 인정해 주는 분위기였다. 하긴, 천계와 마계에서 가장 실력자인 두 사람의 앞을 막을 자는 나 이외에 존재하지 않으니 당연했다.

나도 딱히 방해할 생각은 없었다. 보기 좋으니 그걸로 된 것이 아닌가?

그들 사이에서 태어난 2세가 상당히 기대가 되었다. 과연 어떤 존재가 탄생할지 궁금했다.

‘드래곤? 아니면 천족?

뚜껑을 열어봐야 확실히 알 수 있을 것 같았다. 나를 제외하고 차기 최강자가 될 것은 거의 확실시되었다.

“레오 오빠!”

“오, 프린이냐?”

“뭐하고 있었어요?”

프린도 많이 자라 상당히 귀여워졌다. 예전의 프린의 모습을 보는 것 같아 기분이 좋았다. 과거의 프린은 우여곡절을 다 겪다가 결국 원하는 사랑을 찾아 행복했으니 이번 프린 역시 그렇게 되지 않을까?

“마법은 잘 배우고 있어?”

“네. 저 엄청 열심히 하고 있어요.”

“그래.”

그러고 보니 프린에게 남자친구가 생겼다는 소리를 들었다. 아버지의 심정인 나로서는 참으로 씁쓸한 일이 아닐 수 없었다.

“네 남자친구 이름이… 로린트? 세르노?”

“네? 로, 로린트요.”

프린이 얼굴을 붉혔다. 로린트라는 소년을 본 적이 있긴 하다. 마탑에서 인재로 손꼽히는 녀석이다. 마음에 들지 않지만 프린이 좋다고 하면 어쩔 수 없지.

‘이렇게만 잘 자라다오.’

내 솔직한 심정이었다. 아무튼 프린은 칼베로스에게 마법을 직접 배우고 있어서인지 마법 성취는 대단했다. 사라와는 정반대였다.

사라는 내가 가르쳐도 진도가 나가지 않을 것이다.

콰앙!

"음?"

밑층에서 폭발 소리가 들려왔다. 밖으로 나가보자 노바가 장난스럽게 웃고 있었다. 무너진 벽을 보자 한숨이 절로 밀려왔다. 이번이 벌써 몇 번째인지 모른다.

저번에는 내 방문의 벽을 뚫고 들어와서 짜증이 솟구친 적이 있다.

"레오, 오랜만이야!"

노바가 나에게 손을 흔들었다. 연기 사이로 카일과 사라의 모습도 보였다.

나는 순간 불안감에 휩싸였다. 무언가 귀찮은 것을 잔뜩 달고 온 것 같았다.

"무슨 일이야?"

"응, 널 만나려고 했는데 안 들여보내 줘서 말이지."

"설마 문지기들을 다 때려눕히고 온 거야?"

노바는 대답 대신 슬쩍 내 시선을 피했다.

나는 작게 한숨을 쉬었다.

카일이 머리를 긁적이고 있는 모습이 눈에 들어왔다. 사라는 나를 향해 브이 자를 펼쳤다. 카일과 사라도 많이 자라 이제는 어엿한 성인이 되었다.

사라는 굉장히 아름다워졌지만 아무래도 그 엄청난 괴력과 조금은 괴팍하다고 볼 수 있는 성격 때문에 주위에 남자가 없었다.

그건 안심이 되긴 하겠지만 언젠가 검룡 카레스 같은 놈이 나타나지 않을까 조금 걱정이 되긴 했다.

“근데 무슨 용무?”

노바가 나에게 다가와 내 팔을 잡았다. 사라 역시 반대쪽 팔을 잡았다. 카일은 슬쩍 내 두 다리를 잡아 들었다.

불안한 예감이 치솟아 올랐다.

“네 이놈들!”

칼베로스의 노기 섞인 목소리가 들려오자 웃음 짓더니 갑자기 나를 들고 달리기 시작했다.

“뭐, 뭐야?”

빠르게 창문으로 뛰어내렸다. 꽤나 높은 곳이라 부유감을 느끼며 바닥에 떨어져 내렸다.

“플라이!”

노바의 마법 덕분에 바닥에 무사히 착지할 수 있었다. 그제야 나를 풀어주었다.

“이번에는 무슨 일인데?”

내가 묻자 카일이 지도를 펼쳐 보여주었다.

“마왕의 신도들이 자주 출몰하나 봐. 아무래도 수상하지 않아?”

“오빠! 이건 엄청난 음모라고!”

카일과 사라의 말에 나는 고개를 살짝 떨구었다.

“그놈의 마왕은 휴가도 없냐?”

“레오, 대륙 평화를 위해 우리가 해야 할 일이야.”

“노바, 언제부터 그렇게 평화를 사랑했는데?”

“그야 평화로운 쪽이 재미있으니까.”

나는 지끈거리는 이마를 손으로 집었다.

“아, 그러서?”

사라와 카일은 초롱초롱한 눈망울로 나를 바라보았다. 사라가 품에서 지도 하나를 꺼냈다. 카일과 다르게 조잡해 보이는 지도였다.

“이번엔 진짜 보물 지도야!”

“아무리 봐도 아닌데?”

“잘 봐봐! 여기에 엑스 표시가 있잖아.”

내 말을 도저히 들으려 하지 않았다. 나는 하는 수 없이 고개를 끄덕여줄 수밖에 없었다.

“어쩔 수 없군. 그럼 마왕의 신도를 무찌르고 그 보물인가 뭔가를 찾으면 되는 거지?”

카일과 사라가 고개를 끄덕였다. 노바는 나와 팔짱을 끼며 몸을 밀착시켰다. 사라 역시 내 옆에 달라붙었다.

“하하하! 레오 형은 역시 인기가 많다니까!”

“이런 인기는 사양하겠어.”

카일은 놀리듯 웃으면서 주먹을 하늘 위로 올렸다.

“좋아! 이번에는 엄청난 걸 발견해 내겠어!”

카일은 그렇게 외치며 앞으로 달려 나갔다.

“엄청난 보물!!”

“굉장한 마법서였으면 좋겠네.”

사라와 노바가 나를 잡아당기며 앞으로 달려 나갔다. 나는
피식 웃으며 고개를 설레설레 내저었다.

“그래, 뭐든 나와라.”

내 평화로운 시간을 깬 이 불청객들이 너무나도 반가웠다.
한가로운 시간은 지났으니 이제 여행을 떠날 때도 되긴 했다.

이번 여행에서는 무엇을 얻을 수 있을지 두근거렸다. 그것
은 물질적인 것이 아니라 추억이라는 이름을 지닌 아름다운
보물이었다.

나는 이 순간을 위해 무수한 세월을 버텨왔다.

모두가 행복한 세상은 아니지만 모두가 행복할 수 있는 가
능성을 지닌 세상이다.

그러니까 앞으로도 계속 이 세상을 유지해 나갈 것이다.

웃으며 이 여행을 계속해 나갈 수 있도록,

나의 친우들이 더 행복할 수 있도록,

물론 나도 행복해질 수 있도록 말이다.

그러기 위해서는 나는 계속해서 마왕이 되어야겠지.

이 세계를 위해 모든 것을 짊어질 용기가 있는 마왕.

어둠을 부르는 것이 아닌 빛을 갈구하는 마왕.

밤과 낮의 경계에 서서 모든 이들의 행복을 진심으로 바라는 마왕.

그래, 나는 새벽의 마왕이다.

『새벽의 마왕』완결

SWORD SLAYER

소드 슬레이어

류연 판타지 장편 소설

FANTASY FRONTIER SPIRIT

그날로 돌아간 그 순간부터 입버릇처럼 붙은 한마디.

"생각해라, 아서 란펠지."

귀족 반란에 휘말린 채 죽어야 했던 기사, 아서 란펠지.
600년 전 마룡 카브라로 인해 봉인당한 세 용사의 영혼.
버려진 이름없는 신전에서 그들이 만났을 때
운명은 또 다른 전설의 서막을 알렸다!

소드 슬레이어!

힘없이 죽어간 모든 인연들을 위하여
무력하고 허망했던 어제를 딛고
멈추지 않는 오늘을 달려 내일을 잡아라!

위선에 가득찬 검들을 향해
여섯 번째 마나 소드, 에스카룬의 검이 질주한다!

Book Publishing CHUNGEORAM

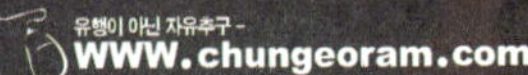

2011년 대미를 장식할
준.비.된. 작가 정민교의 신무협이 온다!
『낭인무사(浪人武士)』

"죄수 번호 사천이백삼, 담운!"
"……!"
"출옥이다."

만두 하나.
고작 그 하나에 이십 년 옥살이를 한 소년, 담운.
그 답답하고 억울한 마음을 풀어낸다!

무림맹! 구대문파! 명문세가!
겉만 번지르르한 놈들은 다 사라져라!
겉과 속이 다른 너희들을 심판하러 내가 왔다!

Book Publishing CHUNGEORAM